山海岁时记

SHANHAI
SUISHIJI

毛崖羲/著

— 夏之神·祝融 —

四川文艺出版社

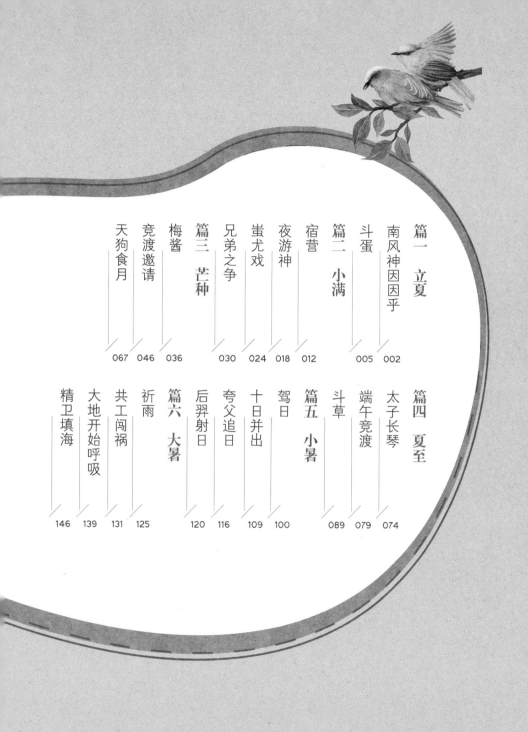

篇一 立夏

立夏之初候，蝼蝈鸣，

二候，蚯蚓出，

三候，王瓜生。

南风神
因因乎

夏天来了。南风神因因乎在森林里穿梭，风声呼啸，往来于半空中，一簇簇的碧色伴着枯黄，旋而落下，树干前后摇摆，树叶上下拍打，树冠宛如波浪，潮涌般层层叠叠往远处摆荡开去。

背灰白色壳的蜗牛，在落叶堆里穿行。草地上，有的幼草遭狂风袭击，根须还抓着土壤，草儿们用仅存的力气，守护自己的生机。天空阴沉沉，云朵来回奔走，潮湿的空气缓缓流淌，树与树之间，只有微弱的光线透过树冠洒下来，幽深而潮湿，天空与森林融为一体。风神飞得越来越急，树叶哗哗作响，树干被风折成拱桥形状，在狂风里苦苦支撑，以韧性对抗风的力量。

东边，有棵山核桃树，它的树冠被强风压至地面，枝干折弯到极致，根渐渐被拉出大地——树根撕裂土壤，树与土以骨肉粘连之姿，与风对抗。顽强的核桃树，激起了风神的斗志，若隐若现的风神擂起战鼓，加大风力，"呼"地一下，一阵狂怪之力将山核桃树连根拔起！

噼噼啪啪——

咔咔——砰砰砰——

树干断裂，大树倒下。残根还陷在大地，粗粗的树干与根永久分离，山核桃树默默横尸在风声穿梭的森林中，那狂风，还在抽打树叶、枝干……

春日的树叶，在夏季变得斑驳，毛虫啃食嫩叶，认真而执着地实践自己化蝶的梦想，避开树叶的毒素，一口一口咬食，吞下的叶子，会变作翅膀翻飞的蝴蝶，那是多么美的目标……

两只雀莺静立在毛虫的稍远处，一只全身毛色是浅紫和绛紫混杂而成的，顶冠是灰紫，凤头全白，翅尾近蓝色。另一只从喉到上胸是月牙白，尾巴渐变成浅紫，耳羽呈鸭灰色，一道黑线将灰白凤头与藕粉的上背隔开。

毛虫沉浸在化蝶的美梦中，一心一意啃食树叶，全然没有觉察生命之危机。两只雀莺锁定它，四只眼睛里闪着锐利的杀意，静待狩猎的时机。忽然，其中一只雀莺以迅雷不及掩耳之势，衔起毛虫，直飞冲天，另一只雀莺紧随其后，唧唧鸣叫，双双往远处飞去……

它们飞往村落，飞往巫咸国。巫澄和巫颂拉开弹弓，瞄准雀莺——

弹丸飞出，旋即落下，雀莺未伤毫毛，消失于天际。巫澄和巫颂失望极了，又觉得哪里不对，弹丸怎么可能那么快就落下？

这时，只见巫礼老师从远处渐渐走来，拍拍他俩的头说："自然界的争夺，本来就很残酷，我们又何必再制造危机？"

巫澄有些不好意思，辩解道："我不是要杀它们，只是想拿来玩儿……"

巫颂也低下头，小声说："是真的！"

巫礼老师笑了笑："花要开在原地才美，鸟儿则要飞至高空才漂亮！"

说完，巫礼老师捡起地上一粒槭树果，招呼巫澄和巫颂来看，巫澄抢过树果，叫起来："是槭树的种子！"

巫颂也凑过头来看。巫礼老师说："我就是来捡树果的，想在院里再种几棵树。"

巫颂笑起来，说："老师，你家都是树，还要种，是想住在树里吗？"

巫礼老师边躬身捡树果，边应和着说："是啊是啊，住在树里可好玩儿了！"

巫澄说："那我下次要去你家住！"

巫颂起哄："我也要我也要！"

巫礼老师说："好好，都来！但是现在我要种树，谁来帮忙？"

巫澄和巫颂赶忙点头，帮巫礼老师捡了一堆树果，完全是要为巫礼老师建造一片森林的势头。巫礼老师无奈地笑笑，领他们回家去了。

斗蛋

　　雨过天晴，和风习习，蚯蚓在深褐色的土壤间钻来钻去。巫家院落里，暮春初夏的海棠开着，槐花也香气弥漫，浓郁的花香缭绕四溢，那香气奋不顾身地往人嘴里、鼻里钻，甜腻得让人无法抗拒。季春柳絮也依然张狂，飘在空中，一个不注意，那絮儿就能跑进人嘴里。近旁的樱桃树，爬满了亮晶晶、红彤彤的樱桃子，巫零拿个陶碗，领雪加一起摘樱桃。雪加摘一串，然后往嘴里塞一颗，满嘴的樱桃汁，甜极了！

　　巫澄从堂屋门冲出，手里捏块热气腾腾的豌豆糕，飞快跑向雪加，往雪加嘴里塞，跳着脚说："快点，快点，好烫！"

　　豌豆糕一含到嘴里，雪加也开始跳起脚来，真的好烫，舌头快掉了，赶紧又将豌豆糕吐出来，用手接住，吹一吹气，再塞进嘴里。

　　豌豆的清香一下在口中散开，香气蔓延，关不住似的，又抢着在雪加张口闭口的间隙，往嘴外奔来。那软软糯糯的豆糕，于齿间不断粘连，像是打滚儿玩耍的小猴子。雪加含糊不清地说："真好吃！软软的！"

见巫澄嘴里也吃着，巫零便说："我的呢？"

巫澄扮了个鬼脸，说："才没有你的！我都吃完了！"

"哼！"

巫零将陶碗往巫澄手里一放，说："赶紧把樱桃摘完洗干净，姐姐要去吃豌豆糕了！"不等巫澄反应，旋风一样跑向厨房。

看着姐姐的背影，巫澄后悔没有跑快点，叹口气，只得和雪加留下来一起摘樱桃，当然也是边摘边吃。

摘了好久，都还没摘到满一碗，巫妈妈等不及了，走出来说："把碗给我，进去吃豌豆糕吧！"

听妈妈这么说，巫澄拉起雪加就跑。

孩子们围着桌子吃豌豆糕，巫妈妈又端出樱桃、杨梅，以及一碟用盐水泡过的水萝卜、凉拌青笋，只见那翠玉般的青笋间还点缀着几粒红辣椒。巫爸爸夹了块红白相间的水萝卜放嘴里，再喜滋滋地搬出酒桶。雪加把绛紫色的杨梅果肉塞得满嘴都是，边吃边凑到巫爸爸边上看，只见酒桶里有好些褐绿色果子。

雪加问："巫爸，这是啥？"

巫爸爸边将酒倒进碗里，边说："青梅啊。"

那浅乌金色的液体，在碗中盈盈荡漾。雪加舔舔嘴唇，眼巴巴地望着问："好喝吗？"

巫爸爸将碗推到雪加面前，碗底沉几粒青梅，雪加端起碗，喝了一大口——小脸儿瞬间皱成一团，呛咳个不停。巫零赶紧将

水递过去。巫爸爸问："好喝吗？"

雪加边咳边使劲儿摇头："不好喝！"

巫爸爸哈哈大笑起来，就着水萝卜和青笋痛快畅饮。又夹了颗青梅，用清水涮了，给雪加尝，咬一口，酒酸味袭来，真难吃！雪加悄悄将青梅吐出。瞧着雪加那模样，巫爸爸笑说："再过不久梅子熟了，新鲜的好吃！"

巫爸爸边喝酒边从袖袋里掏出三根手绳，手绳以青、赤、白、黑、黄五色丝线编成。巫零立刻伸出手臂，巫爸爸将手绳系在了她的手腕上，随后也给巫澄和雪加系上五色手绳，巫爸爸说这叫立夏绳。正说着，妈妈端个托盘，摆出几碗五色饭——白色粳米里混合赤豆、黄豆、黑豆、青豆。

巫妈妈边摆饭，边笑盈盈地说道："吃了五色饭，戴好五色绳，长命康健！"说完又去了厨房。

巫澄端起碗飞快扒饭，巫妈妈都还没上桌，他就放下碗筷说："我吃好了！妈！妈！我的蛋呢？快给我蛋！"

雪加恍然大悟，今天要去泽野宫"斗蛋"，便也赶紧扒饭。巫妈妈将放在清水里待凉的水煮蛋捞起，六个蛋分别放入两个以细麻绳编成的网兜，一个给巫澄，一个给雪加。

巫澄将网兜套在脖子上，催促雪加赶紧出发。雪加慌乱地又扒了几口饭，将网兜挂在脖子上，追着巫澄跑了出去。

两个小孩儿飞跑至泽野宫，见已有不少孩子聚在那儿，每个人脖子上都挂着网兜。巫澄和雪加去找巫颂、巫柳，没多会儿巫行、巫栋也到了。大家拿出蛋来互相攀比，巫澄说："我肯定是蛋王！"

巫颂不甘示弱，说："那可不一定，我今年全是鹅蛋，你们看！"

巫颂举起自己硕大的鹅蛋，开始炫耀。巫行说："我要以小博大，以柔克刚，看！"

说完拿出鸽子蛋，众小孩儿被唬得一愣一愣的，露出钦佩的神情。巫栋大声说："你不要吹牛了！敢和我的鸭蛋试试吗？"

巫行说："来就来，谁怕谁啊？！"

两人先将蛋首对蛋首，一起数"一、二、三"，话音一落，蛋首相撞——巫行的鸽子蛋碎了。巫栋哈哈大笑起来，说："换一个！"

接二连三，巫栋用一个鸭蛋就解决掉了巫行所有的鸽子蛋。巫栋得意地说："叫你吹牛，还以小博大呢。"

巫颂跳出来说："我！我！该我了！"

巫颂从网兜里掏出一个鹅蛋，和巫栋的鸭蛋蛋首对蛋首撞了一番，巫栋的鸭蛋碎了。解决掉巫栋所有鸭蛋，只废了一个鹅蛋。巫颂又掏出一颗鹅蛋，威风凛凛地环视四周，说："谁还来？"

巫澄说："我！"

说完从挂在脖子上的网兜里拿出一颗鸡蛋。历经你死我活的较量后，巫颂用一颗鹅蛋就结果了巫澄所有鸡蛋，并且鹅蛋完好无损。巫柳接着拿出自己的鸡蛋，也都败下阵来。

只剩下雪加的鸡蛋了。雪加第一次玩斗蛋，早就想试试，终于轮到自己。她小心翼翼将蛋取出，聚精会神盯着两相对峙的蛋，蛋首对蛋首——好紧张——掌心开始发热，巫澄站在雪加旁边，心都提到嗓子眼儿了，比自己斗蛋还紧张。"咔"的一声，碎了！是鸡蛋！

唉……

雪加叹口气，以为会有奇迹，不过鸡蛋本来就撞不过鹅蛋吧。取出第二颗蛋，又碎了。肯定会全碎的……雪加越来越失望，比赛总会想赢的。她慢慢吞吞拿出最后一颗蛋，双手握住，心里念念有词，闭上眼祈祷。

咔——

碎了。

巫澄高兴得大叫："雪加你赢了！"

哇！雪加展开笑颜，巫颂说："不要高兴得太早，还有蛋尾！"

蛋尾对蛋尾，鹅蛋碎了。

巫颂掏出最后一颗鹅蛋，面色严肃地说："来吧！"

雪加惊异地瞧着自己的小鸡蛋，将蛋首再对蛋首，蛋尾再对蛋尾，皆是巫颂的鹅蛋碎。"哇——雪加是蛋王，雪加是蛋王！"

巫澄拉起雪加的手跳来跳去，转圈圈，其他孩子也高兴地鼓掌。巫颂看看自己的碎鹅蛋，又抢过雪加的鸡蛋左瞧右瞧……

巫颂说："这是石蛋！"

其他孩子一听赶紧凑上头来细瞧，巫柳说："不对，是像石蛋的鸡蛋。"

巫栋用手摸摸下巴，假装思考，说："是的，我同意巫柳的说法。"巫行也附和地点点头。巫澄才不管什么石蛋不石蛋，只说："反正蛋王是我们家的！哈哈……"

雪加也哈哈大笑起来。见两人笑得欢，其他小孩儿也跟着笑起来，巫颂说："我们把蛋都吃了吧！"

"好！"

欢声笑语响彻天际。

傍晚的天际，一整片一整片的火烧云，似火焰一般挂于长空，伴着晚霞，声声蛙鸣宛若雅乐。孩子们一路欢歌回家，沿途平野、墙垣下，落鸦瓜开出一簇簇黄花。

篇二　小满

小满之初候，苦菜秀，
二候，靡草死，
三候，麦秋至。

宿营

依阴气而生的靡草死了一大片，这预示着阳气即将全面覆盖天空和大地。一抹海棠红的霞光挂在东方天上，随太阳渐渐高起，晨光由弱变强，清新的风吹来熹微之光。

灰白色的天空渐渐透亮，石夷仙人和三足乌[①]让太阳升得越来越高。这时节当班的是第十个太阳，他还那么幼小，发出娇声，咿咿呀呀欢叫，在石夷仙人的指挥下，越爬越高。小琉璃叫声婉转，引领四野的鸟儿歌唱；柳莺立在树梢，以细尖清亮的嗓子，叫着"啧儿——啧儿——"；黄嘴朱顶雀站在一棵小树苗上，啾啾鸣唱。这三重唱宛如层层起伏的水波，沿着森林流淌，由强变弱，激荡起潺潺涟漪。

天幕变红，瑰丽的朝霞隐退，在东方形成一抹浅淡云霞，鸟

[①] 三足乌：又名金乌，是神鸟，太阳的坐骑。据《山海经·大荒东经》记载，在大海之外的大荒东极，有一个地方叫汤谷，那儿长着一棵巨大的扶桑树，太阳每天都从这棵树升落，并且每次日升日落，都是乘坐金乌。

鸣交织，鸟儿的欢唱冲出森林，太阳柔和的光辉，与鸟叫融为一体，光、乐音混合，那自然的壮美映衬在晨空中。

二级魔法班的孩子们围成一团，把巫礼老师围在中央，有的抓衣摆，有的扯衣袖，缠着巫礼老师要去宿营。巫礼老师被逼得一直后退，说："今天小满，多半会下雨，去宿营不太好吧……"

"不嘛！不嘛！"

"我们不怕下雨！"

"不会下雨！"众小孩七嘴八舌。

"下雨可以把叶子顶在头上！"巫栋大声喊道。

此话一出，所有人安静了。巫颂说："叶子顶在头上有用吗？"

巫柳说："巫栋真是笨蛋！你以为自己是水虎吗？"

巫礼老师哈哈大笑起来，说："下雨也不怕吗？没有地方睡觉也没关系吗？"

"没关系！"

孩子们异口同声地回答。

巫礼老师无可奈何地摆摆手，说："好吧好吧。"

众人一路欢歌笑语朝戟（dié）民国赶去。这个部落的人不耕种、不纺织，但有饭吃，有衣服穿，喜欢歌舞和运动。雪加、巫柳手牵手，雪加想起之前看巫柳跳剑舞，便夸赞道："你上次的剑舞跳得真好看！"

巫柳骄傲地回应："巫阳老师也说我跳得好！"

雪加："而且你穿的衣服也漂亮！"

巫柳："巫阳老师说那是五行的颜色。"

雪加："五行是什么颜色？"

巫柳："就是金木水火土啊。"

雪加用力地想象着，金、木、水、火、土在她眼前一个个晃过。最后，还是摇摇头，说："不懂！"

巫柳："巫阳老师说是青红黄白黑。"

雪加："你怎么老提巫阳老师……"

巫柳："为了准备迎夏礼，我和姐姐常常去巫阳老师家，她教了我好多，姐姐说她是迎夏礼的主事。"

雪加点点头："巫礼老师也这么说……"

正说着，巫柳朝前面一棵雄常树①跑去，雪加也跟了去。两人站在树下，抬头往上看，只见一只巨大的"鸟"，细看才发现，是发髻梳得老高的羽民国人。

那人拎着竹篮子往树的高处飞，巫柳大声喊："你好！"

雪加也大声喊："你好！"

听到有人喊，那人立刻在就近的树干上停住，回头朝巫柳和雪加看，说："你们好！"

仔细再看了看，又说："是巫咸国的孩子啊，上次去参加冠礼好像见过。"

巫柳盯着他的篮子问："那是吃的吗？"

_____

① 雄常树：出自《山海经·海外西经》。传说中原地区有圣明的天子继位，就会取雄常树的树皮来做衣服。

雪加赶忙追问："好吃吗？"

那人往篮子里看了看，笑说道："是一些夏令水果，有枇杷、桑葚，还有樱桃和李子……"

巫柳又问："我们可以尝尝吗？"

那人说："当然可以！"

说完便从树上飞来。

啪——

篮子直直摔到地上！水果散了一地，只见樱桃碎了，李子往远处滚去，桑葚的汁液摔得溅了出来。巫柳、雪加惊慌得不知所措。那个拎篮子的哥哥被一个穿红裤子的小孩儿逮住了。那孩子骑在他背上，揪着他的颈毛，正使劲儿拔他的羽毛，那哥哥疼得哇哇大叫，却又动弹不得。

那孩儿边拔边哈哈笑着，巫柳气愤极了，在地上抓了块石头朝那孩子扔去，结果被他轻松躲过。巫柳又继续去捡石子儿，准备再扔。雪加则急急忙忙去找巫澄，一见巫澄，雪加比手画脚地讲了遭遇，巫澄让雪加再去找巫礼老师和巫行，自己则领巫颂、巫栋先去帮巫柳。一想到那哥哥被拔毛的样子，雪加就心急如焚，跑得满头大汗，见到巫礼老师，拉起他的手就跑，连喘口气说明的时间也没有。

雪加领着巫礼老师到时，几个孩子已经和那男孩儿混战成一团。一开始他们使用石子攻击，但那孩子闪得极快，害得羽民国哥哥老是被打中。后来巫澄他们便想将那孩子擒住，无奈他滑得像条泥鳅，又是一身蛮力，双方一直僵持着。

只见巫柳正抓着那孩子的右臂，巫栋抓左臂，巫颂虽遭到猛烈的踢腿攻击，但依然死死抱住他的双腿不放，巫澄则抱住他的腰。在四个大孩子的钳制之下，那个小孩儿开心地咯咯直笑，边笑边奋力挣脱，别人越是想钳制他，他就玩儿得越起劲。

巫礼老师无奈地摇摇头，说："是共工啊……"

雪加赶紧将在地上挣扎的羽民国哥哥扶到旁边，又帮他把散落一地的水果捡进了篮子里。巫澄大叫："巫礼老师，快来帮忙！"

巫礼老师上前，想从孩子们手里接过共工，但就在这一瞬间，却被挣脱了——共工飞跑，朝他们扮鬼脸，还喊："来抓我呀！来抓我呀！"

巫澄拔腿就要去追，被巫礼老师一把拦住。见没人追，共工又掉头回来，嘻嘻哈哈做鬼脸，逗引他们去追他，和他玩儿。见状，巫礼老师假意作势要追，一看巫礼老师动了，共工赶紧一溜烟儿飞跑，跑了会儿再回转头来看，巫礼老师立刻又作势追几步，共工就跑得更远了……

趁这时，巫礼老师说："赶紧走！惹不起啊！"

羽民国哥哥早就悄悄离开，巫礼老师也赶紧带孩子们飞快逃离。

夜游神

轰隆隆——轰隆隆——

雷鸣骤起，雷泽神飞驰而过。天空晴朗的青色变作灰青，云朵挂在夜空，依然可见，那云朵在奔腾呼啸的南风中，宛如潮汐时涌动的群鱼，被汹涌的海浪推动前行，重重叠叠的鱼群，勇猛地朝海岸奔去。有雷声，却没有落雨的迹象。

繁密、细碎、闪闪烁烁的星星，无声地密谈，在洗练的夜空一刻不停地跳跃着。巫礼老师望向漫天星斗，有些忧虑地道："该下雨才对。"

后昱也忧心忡忡地说："但你瞧，云都跑没了，这漫天的繁星啊……"

北边有七颗星呈斗状排列，斗柄南指。明亮的桃粉色女宿星，高挂在北边天空，围绕她的四颗小星星，如同她的梭子，女宿星终日深情地凝望银河对岸的牛宿星。由女宿星沿银河南岸而去，一颗火红色的星星，挂于正南面，这是整个夜空最孤独的一等

星——大火星，它孤高而闪耀，站在星空之巅，让人间仰望。再沿银河南下，即见白色的牛宿星，周围三颗伴星，仿佛是它腾飞去见女宿的双翼。牛宿星旁，银河最闪亮的中央，低空可见处，有南斗六星，它们与北斗七星相对而望。繁光缀天，银汉烂漫，星星满缀于广阔的平野，月光如潮水涌入时空的洪荒，这星空何等耀眼！

雪加望着星光，不觉发出赞叹。厌火国人望星空，忽然惊声叫起来："荧惑守心！"

后昱、巫礼老师，还有谨朱国人纷纷抬头，仔细观望天上星象，一颗荧荧似火的星正朝大火星靠近。巫礼老师紧皱双眉，说："荧惑，火之精，赤帝之子。"

后昱说："行踪不定的荧惑星竟然出现了。"

谨朱国其中一人说："辰星发白，而且光芒似乎有胜过月光的迹象。"

孩子们抬头，只见那辰星光芒万丈，野心勃勃，似有与月同辉的渴望。另一位谨朱国人又说："辰星发白不说，光明又与月同逮，大事不妙啊！"

巫澄指辰星，说："看，辰星在跑。"

众人细看，辰星正往南方一点点移动。巫礼老师说："好像是要进入井宿了。"

后昱惊呼："糟了！"

雪加抬头望天空，又看看后昱叔叔和巫礼老师焦躁的脸，便问："什么糟了？"

后昱指南天，解说道："井宿里星群汇聚，如同一张网；井宿又位于北河和参宿之间，参宿属水，辰星属水，大水将困于水网之中。"

躺在树干旁观星的厌火国人惊坐起来，说："今年有大水！"

谨朱国人面面相觑。呼啸的南风吹得树木哗哗作响，巫礼老师说："但不雨而风，我恐怕是大旱。"

厌火国人反驳道："辰星比月光更亮，是大水！"

巫礼老师说："辰星色白，该是大旱……"

所有孩子静静听大人们争论，时而又抬头看看星空，那星罗棋布的星野，广阔平静，无论南风如何强大，也无法将璀璨的银河吹起一丝涟漪。

头蟒河岸忽有一身影晃动。巫行说："那会不会是守夜神？"

巫颂双眼发光，大叫起来："守夜神？！"

他立刻从地上爬起，往河岸边跑；巫澄也不示弱，赶紧跟上；其他几个小孩儿，也全都好奇地往河岸奔去。只见一男子立在岸边，他身高九尺左右，体格十分健壮，有着细长的脸和红色的肩膀，面朝头蟒河站立，面无表情，一动不动。

巫澄身高还不到他的大腿，他将头仰得老高，拉着他的裤腿问："你是守夜神？"

守夜神岿然不动，眼睛直直望向河对岸，只有南风吹得他的红头发飞扬。

巫栋说："他不讲话……"

巫柳说："守夜神本来就不讲话！"

巫颂不死心，抱住守夜神的腿往他身上爬，边爬边说："守夜神，你说话啊！"

守夜神依旧纹丝未动。巫颂爬至他宽大的肩上坐着，骑在他脖子上，伸出双手遮住他的双眼，又抱住他的脖子晃，甚至还拔了他一根头发，但他还是没动一下。

巫澄和巫行又找了根长树枝，使劲儿戳守夜神的胳肢窝；巫柳和雪加搬他的脚，想挠他的脚底板；但也都没用，守夜神始终面不改色，一动不动，连眼睛也不眨一下。众小孩的招儿全使尽了。

巫澄说："算了，算了！"

雪加说："算了，算了！"

巫颂呵欠连天地说："真没劲，我们还是去睡觉吧！"

孩子们刚回身，"嗖"地一下子，守夜神跨过宽宽的头蟒河，站到了河对岸。见状，巫栋说："哎呀！他会动呢！"

大家悻悻然回到宿营地。围着那棵巨大的樟树躺下，立刻就进入了甜甜的梦乡。寂静中，繁星渐失光辉，星星如雨而坠，有的落入山林，有的飞进河流，有的在原野化作灰烬，有的消失在了天际……

蚩尤戏

鱼肚白的天空，鸟鸣响彻幽幽森林。平旦时众星皆没，唯见彗星高挂长空，东边出西边落。那彗星发红光，星尾长一丈，形状如龙，其后还有两颗星相随，一颗也是红光闪耀，另一颗则是黄光耀眼。

后昱醒来，伸伸懒腰，厌火国人和谨朱国人早已不见踪影。后昱到头蟒河边，捧起河水大口大口地喝，喝完又用河水洗了把脸，他静静观看森林的郁郁苍苍，又闭眼聆听鸟儿美丽的歌唱。

巫礼老师捡起地上的小石子儿，朝水面飞石，石子在水面弹跳了四次。后昱也捡起一颗石子，朝湖面飞石，也是跳四次。后昱对正在洗脸的巫礼老师说："待会儿跟我去角抵！"

巫礼老师停住洗脸的动作，抬起满是水花的脸，惊讶地道："角抵？不去！"

后昱哈哈一笑，说："我就知道！"

巫礼老师说："你又不是不知道我，我这体力哪能去角抵啊？"

后昱俯身，一手搭在巫礼老师肩上说："试试吧，好不容易今年你在。"

巫礼老师站起身就往樟树下走，说："不去！"

后昱一个箭步，冲到孩子们面前，说："谁要和我去戕民国看蚩尤戏？"

"我！"

巫颂举手大声说。

"我！"

"我！"

"我！"

所有孩子都不明就里地附和起来！

后昱大笑，说："那就走咯！"又向无奈苦笑的巫礼老师眨了眨眼，说："嘿！你倒是赶紧跟上啊！"

后昱领大家到了戕民国，几棵高大的黄葛树荫下，摆着一条长桌，桌上横摆着六只广口陶盆，盆里堆了各种夏季食材，有苦菜、黄瓜、山药、水芹菜以及赤小豆和绿豆。那地方，各处站些戕民国人，有男有女，还有好多孩子，他们正围着长桌嬉笑追跑。

长桌不远处有一方土台，高一尺二左右，见方二十尺，成方形；四角分别放有一样或青或赤，或白或黑的食物。方形土台中又以麻绳作分界线，造出一十三尺左右的圆形角抵场。

有几人站在远处，他们身材高大，体格健壮，上身赤裸，只穿着一条长裤，腰间绑带，头戴青铜兽头纹面具，面具上端有一对突出而具体的角，兽目圆凸，有眼眶，炯炯有神，线条粗犷，整个面具看起来狰狞恐怖。

雪加看了一眼，就被吓到不敢再看。

过一会儿又有几个人出现，也是身高体健，装束如出一辙，但没戴青铜面具；而是在面部绘着蛇形纹，那弯弯曲曲的蛇形纹路占满整张脸，看起来也相当可怕。不知不觉雪加挪动脚步，默默躲到巫澄身后。

"为什么载民国的人都这么可怕？"雪加问巫澄。

巫澄疑惑地看了看雪加，反问道："可怕吗？"

雪加点头如捣蒜。巫澄不解地挠挠头发："没有啊……"

巫柳突然冲过来，抓起雪加的手，说："那边的水芹菜好好吃！你也来尝尝！"

一听有吃的，巫澄大叫："我也去！"

小孩儿们围着长桌，把食物都尝了个遍，塞得满嘴都是，正吃得欢，蚩尤戏（也就是角抵）开始了。戴面具的两名力士首先往土台走，他们登上台，站到圆形场地内，所有力士只能在圆内角抵，出圆或者摔倒者为输。

两力士相对，双脚稳稳踩在土台上，蹲马步，举双手，先向对方示意自己没夹带任何武器。接着双手握拳半蹲，双臂打直，拳头杵在地上；保持蹲马步姿势，拳头立放在左右大腿，又抬起右脚，再狠狠踩落下。狰狞的兽头面具，面对面，电光石火间，两力士如狩猎的猛虎，发出震耳的吼叫，高高跃起，以身相扑——力与力对抗。

两人以角相抵，一方被另一方之力逼得不断后退，眼看就要到圆形场的边界了；忽然，被压制的一方以头使力，"砰"的一声巨响，青铜面具两两相撞；对手被这一击撞，头壳发响、眼目昏花。原本呈弱势的力士，趁机发力，爆发出响彻山林的吼叫，将对手往反向边线推去，一鼓作气，对手被狠狠摔出场外，从土台上滚落！获胜的力士，高举双手握拳，呼声震天。

雪加被力士的气势所震撼，那狰狞的兽头面具，那吼声，那搏斗的躯体，汗水如雨爬满力士之身；还有力士落地那一刹，尘土四起，地动山摇！

脸上绘蛇纹的力士上场，两人站定，浅蹲马步，双臂平举，略略弯曲手肘，摆出一个防御的圆形。他们双目炯炯有神，专注地紧盯对方，不放过对手任何一个细微举动。相持一会儿，其中一名力士先跃起，他发动攻势，右手按着对手左边侧颈，左手把住对手右大臂，出劲往自身方向拉；但对手双脚恰如生根，如长在地里的巨木，一步未动；反而挥动臂膀，甩开钳制，以右手大力夹住先攻者颈项，再背向他，双腿屈膝深蹲，弓腰低头，一下子将先攻者背起摔下。但先攻者也不甘示弱，在对手弓腰时，一把抱住对方腰部，再以膝头撞击对手膝窝，又出左手抬其小腿，出右手按之背部，一下子就让占上风的对手俯身倒地。获胜者欢呼，吹口哨绕场示意。

土台下人声鼎沸，观看的人欢呼雀跃，既是鼓励失败者，也是赞美胜利者。雪加也不觉被胜负瞬息万变的角力吸引，经不住鼓掌赞叹。

"好！"

洪亮的叫好声突然传入耳朵。雪加循声望去，大喊："黑石姐姐！"

咦——仔细一看，旁边还站着女娲姐姐！雪加赶紧找巫柳，想告诉她这个好消息。一回头却见巫柳已经冲进了女娲怀里。雪加也跑过去拉起黑石和女娲的手，在嘈杂的人声里，大声问好："黑石姐姐！女娲姐姐！你们好！"

黑石大声回应："你也好啊！"

说完，黑石放开雪加的手，一个助跑跳跃，翻身跳上土台，说："我也来试试！"

见黑石上台，一名戴面具的强壮力士，踩着坚实的步子上了土台。那力士比黑石高出几乎两个头，体型壮硕，体重也差不多是黑石的两倍。力士越靠近，黑石就越能感到一股强大的压迫感。再看看那狰狞的兽头，黑石不禁有些发怵。

力士摆开架势深蹲，黑石左右游动步子，以防御之姿备战。猛的一下，力士朝黑石扑来；黑石快速旋开身，似一道闪电躲过攻击；力士追着黑石的脚步，又是一扑；黑石再次闪开，如此反复几次，力士大汗淋漓，累得气喘吁吁。

力士渐渐体力不支，黑石也满头大汗，两相对峙，雪加握拳的掌心满是汗，鸟儿们在黄葛树间鸣叫，一丝丝夏季凉风吹来。黑石静静打量力士，力士也暗暗揣测黑石的心思。趁力士体力还未完全恢复，黑石打起精神，开始寻找进攻机会。她俯身至地，伸出双手去抓力士的双脚踝，但力士脚踝比想象中更加粗大，黑石的手掌只能抓住半围。黑石一惊，这出乎意料的情形，惊得她满身冷汗，只好硬着头皮使力，试图将力士拉倒，但任凭她如何使蛮劲，力士纹丝不动。

力士弯腰，一手抓黑石的后领，一手抓她腰带，一把就将趴在地上的黑石高高举起，还在空中旋了她两圈，然后将黑石奋力扔出场外。突然被甩到半空中，黑石吓得说不出话来，女娃见黑石飞出，朝那方迅疾奔去——黑石闭紧双眼，绝望地等待自己悲惨的结局……

雪加目瞪口呆地瞧着眼前发生的一切，心里更加坚定了刚才的想法：戟民国人真的很可怕！

兄弟
之争

　　正当女娃快要接住黑石时，夸治先一步稳稳接住了她。黑石睁开双眼，首先看到女娃关切的眼神，她从夸治怀里跳下来，拍拍他的肩膀，豪气地说："谢啦！"

　　女娃大舒一口气，说："吓死我了！"

　　黑石嘿嘿一笑，露出黑牙，说："我还以为肯定会摔得屁股开花！"

　　女娃问夸治："你怎么来了？"

　　夸治反问："我还想问你们，怎么会在这里？"

　　黑石说："我们本来去头蟒河捉鱼，结果见这儿在角抵，就来凑凑热闹咯。"

　　夸治向土台方向努努嘴，说："你看那边就知道为什么我在这儿了！"

　　只见后羿已站在土台上，环顾四周，朝众人说道："我好不容易回来一次，有没有人赏脸比一场！"

台下众力士面面相觑，你看看我，我看看你，迟迟不上台。良久，人群中一个声音喊道："后昱，后羿回来了！"

正硬拉巫礼老师去角抵的后昱，一听这话，立马回头，一见后羿，他丢开巫礼老师的手，满眼怒火，直愣愣往台上冲。见如此，巫礼老师拍拍胸口，大幸逃过一劫。

后昱一上台，不等后羿反应，一把抓住他的脖子，举起拳头就要往后羿脸上砸，正要落拳，后羿一手握住他的拳头，笑说："哥，要不我们还是以角抵决胜负吧！"

顿了顿，后昱才愤愤地松开手，说："不要叫我哥，你这个叛徒！"

后羿不理会后昱的火气，自顾自跳下土台，从土台下方，掏出装朱砂的罐子，拿水调了，用手指蘸朱砂颜料，在脸上绘起载民国最珍贵的蛇纹。完后，又上土台，脱掉上衣，扔至一旁。接着，排开双腿深蹲，朝后昱喊道："来啊！"

说时迟，那时快，但见后昱的步子，如空中星移、风驰电掣，直冲向后羿，俯地抱他左腿，挺腹、仰头、直立，将后羿扛起、向后摔出。接着，后昱从地上站起，一把抓过后羿右臂，弯腰再抱起他右腿、又直立，从侧面将后羿第二次摔出。后羿站起，这次后昱拦腰将他抱起，后羿双脚离地，后昱趁势，又将他狠狠往地上摔去。

载民国人大声叫好，巫咸国的孩子们鸦雀无声地看着眼前的一切。巫澄拉拉巫礼老师的袖子，问："角抵不是只摔一遍吗？"

巫礼老师好不容易回过神来，说道："是啊……"

巫澄说："那为什么后昱叔叔一直在摔后羿叔叔？"

巫礼老师无奈地说："因为……他们是兄弟。"

女娃也在问夸治："他们怎么了？"

夸治叹口气，说："哎，后羿兄现在长住丈夫国，所以算是背叛了载民国吧。"

女娃若有所思点点头。

这一次后羿没有立刻起身，而是久久躺在地上，后昱双手低垂，喘粗气，大声吼道："起来！懦夫！"

过了好一会儿，后羿才挣扎着坐起。等他站好，后昱再次撞向他，双手抱他腰，打算以强劲的撞击力将后羿击倒；但后羿突然上身前倾，顶住后昱的猛撞，左脚向后跨一大步，稳住了重心，紧接着又以右手压住后昱的后脑，使劲往下按，后昱一下子就扑倒在了地上。

后昱费力站起，待他站定，后羿探左手，插入后昱交裆，又用肩胛骨顶住他胸脯，把后昱整个儿托起，使他头重脚轻，又借力旋了四五转，走到土台边上，喊了声："下去！"

后昱一下子就被摔到了土台之下。他爬起来，想再上台，巫礼老师一把将他拉住，说："算了！"

后羿也瘫坐于地，笑着说："是啊，哥，这次就放过我吧！"

好不容易等他们摔完，早想试试角抵的女娃，立刻跳到了土台上。夸治见她上台，未等其他人反应，自己也上去了。

女娲笑说："我可不会让你！"

夸治回应道："正有此意。"

黑石兴致勃勃地在台下看热闹，巫柳大喊："女娲姐姐加油！"

两人摆开架势，女娲眼中似有星光闪耀，专注的眼神如鹰隼。夸治盯着女娲的双目，被那星光吸引，为那专注沉迷。女娲一个箭步，首先发动攻击，冲进夸治怀里——她的发丝扫到夸治下颌，夸治因这温柔而分神。女娲丝毫未觉察夸治内心的波动，而是顺势以双臂环住他的腰，两手在他背后搭扣，用头抵住夸治胸口，然后将全身重量放在夸治身上，夸治的上身被压着，腰下到几乎与地面平行。

忽然，夸治身躯一震，抬起上身，反制女娲。女娲一下子没有抵挡住这突如其来的冲击力；但她反应灵敏，随即左脚后跨一步，稳住重心。接着从头再来，她一瞬聚集全力，将夸治压倒，左脚又朝前跨，勾住夸治右脚后跟，使力一绊，再将夸治上身朝后方抵压。所有动作干净利落，一气呵成，夸治被摔至地。

夸治躺地上，女娲双手撑住地面，两人之间的距离，近到可听见对方的呼吸之声。她露出胜利的微笑。在夸治眼中，那微笑宛如清风，又如明月，背向太阳的女娲，似天神降临，前来拯救他的世俗人间……

巫柳跳脚欢呼，大叫："女娲姐姐赢了！女娲姐姐赢了！"

篇三 芒种

芒种之初候，螳螂生，
二候，鵙（jú）始鸣，
三候，反舌无声。

梅酱

　　盛夏将至，暑热如影随形。森林愈发热闹，鸟儿的歌声从四面八方传来，大大小小的蚊蚋、蜜蜂、蝴蝶来来往往、穿花度柳。蚂蚁爬行于落叶之间，毛茸茸的跳蛛不时出没，蜈蚣也在层层落叶里穿行。羽翼圆短，双脚强健，脚趾带利钩的伯劳鸟，站在高高的树顶，它俯视林间小物，眼神犀利而凶狠。它嘴大似鹰，上嘴前端有钩，彰显猎人本色。它从树梢瞄准一只在落叶堆爬行的小物，以流星坠地之势，冲至地面，衔起小物，又以闪电之速，飞回树冠。它把那小物挂在树刺上，将其刺死，再撕碎小物而食。进餐完后，又蹲于树端，仿若刚刚的屠杀从未发生过。

　　前不久还云蒸霞蔚的藤萝，几乎落尽了，伴着一簇簇藤萝的残枝，绣球花悄悄迎来了自己的盛期。玫瑰色、藏蓝、群青、粉白，还有丁香、藕色的绣球花繁花似锦，一株株，几十朵挨挨挤挤的小花，组成一团团球体，丛丛灌木花枝上，饱满的花球各处皆是。

　　梅子熟了。

　　梅树下，巫澄指向一粒粒青色，那圆墩墩、鼓鼓囊囊的青梅，沉甸甸挂满枝丫，粒粒饱满，色泽诱人。巫澄边吞口水边说："雪加，我们去摘梅子吧！"

　　那青色的梅子仿佛在召唤，雪加垂涎三尺，猛点头。巫澄三两下爬上梅树，坐在枝丫间，朝雪加喊道："接住！"

　　说完猛摇青梅树枝，早已熟透的梅子一碰就掉，哗啦啦落一地。雪加拉起裙角奔跑，一会儿乱接飞下的梅子，一会儿弯腰拾起落地的梅子，跑得一头是汗，汗水如雨，将衣裙也浸湿了。

　　雪加用手背擦了一把汗，留一道泥痕在额上，发丝几缕，粘在脸颊。巫澄麻利地从树上滑下来，拾完地上的青梅，一手抓衣摆兜着青梅，另一手从中挑了颗看起来最美味的，往衣服上蹭几

下，塞进雪加嘴里。

雪加咬着青梅，说："真甜！"

雪加也从自己裙兜里掏出一粒，在身上擦了擦，塞到巫澄嘴里。两人边吃，边哈哈大笑起来。兜着满满的梅子往家里欢快地跑去，想着赶紧给巫爸巫妈，还有巫零姐姐尝尝。

两人一进家门，就嚷嚷着大家快来尝青梅。巫妈妈从厨房走出来，看到两个小花猫，不禁笑了，赶忙找了个小竹筛，将青梅盛起来放一旁，又在院子里，用陶盆打了井水，招呼两个孩子洗洗脸，凉快凉快。

巫澄将头全埋进陶盆里，首先咕咚咕咚喝起来，喝饱了，仰起头，甩甩头发，把水甩得到处都是。那水溅到雪加脸上，钻进她的脖子，一股痒痒的凉爽之意，由皮肤传至心里。雪加嘻嘻笑着，也跑到陶盆边上，透过水面，只见陶盆内侧绘着一张人面，人面左右耳处贯着两条小鱼，雪加觉得稀奇。又学巫澄的样子，将头埋进水里，睁大眼睛与那人面对视，大眼瞪小眼，看了好一会儿，才咕咚咕咚喝水。

巫妈妈一回身，只见满院子的水，她拿了干布，把雪加巫澄的头脸擦干，说："正好，我刚想去摘梅子，待会儿给你们做梅食。"

巫澄大喊："我要吃糖拌梅子，还有糖脆梅！"

巫零手拿剪子和红纸，从堂屋走出来，说："你就喜欢吃甜食！"

巫澄说："要你管！"

雪加说："我想吃乌梅！"

巫妈妈说："那我们今年就做这三样！"

巫零边剪红纸，边说："我呀，在梅酱做成之前，什么都不想吃。"

雪加听过白梅、盐梅、梅子水，就是没听过梅酱，便问："梅酱是什么？"

一提到梅酱，巫零两眼就放光，说："梅酱啊，要用熟梅子十斤，以梅雨之水蒸，蒸烂去核，每一斤梅肉加盐三钱搅匀，正午烈日下晾晒，等梅肉变作红黑色再收起来储藏。每次要用时，取出一点点，用凉水冲开，加入白豆蔻仁、檀香，还有一点点的饴糖，最后——"

巫零展开手里的剪纸——是一只雄鸡,说:"成了!"

雪加追问:"最后什么?"

巫零踱着步子,走向院子的篱笆墙,雪加紧随其后。巫零将那雄鸡挂在篱笆墙头,又回身走。雪加眼巴巴地望着,好奇地问:"到底最后什么?"

巫零俯下身,弯曲食指,恶作剧地在雪加鼻头刮了刮,说:"最后啊,必须加入冰,那才叫清利爽口、酸甜适中……"

巫零说得一脸向往。巫澄翻着白眼说:"说得那么起劲……"

巫爸爸走进院门,突然插话道:"那冰啊,一放入水,便吱吱作响,先从内部裂开,一条条冰晶清晰可见,然后会在水里打旋儿,随水温慢慢融化。等冰化了,再喝那水,宛如一股清泉,从嘴到喉,顺着往你心口、丹田里钻,一股子凉意灌满全身。梅子的酸味儿、饴糖的蜜甜留在你嘴里,那滋味儿——"

雪加听着流出口水。巫零垂涎地说:"我也好想尝一口!"

雪加惊觉,反问:"巫零姐姐没喝过?"

巫澄说:"当然没有!天天在那儿编,我都听了快十年了!"

巫零一掌拍在巫澄的后脑勺,说:"你才多大?!"

突然又一脸坏笑地说:"对!我都忘了这是你第三年八岁,哈哈!"

巫澄张牙舞爪,冲上去要抓巫零,结果巫零只一手,撑住他的额头,就任凭他如何使蛮力,也都无济于事。巫爸爸说:"好了好了!我长这么大也才有幸吃过一次,更何况是你们。"

雪加问："为什么？"

巫爸爸说："梅酱倒是每年都做，但这冰嘛，真是可遇而不可求！"

雪加问："为什么？"

巫爸爸："因为啊，冰只有海神才有。我上次能吃到，也完全是一个意外，不过是一个让人永生难忘的意外！"

巫妈妈收拾完院子，也加入谈话说："今年这梅酱还不知道能不能做呢……"

雪加问："为什么？"

巫妈妈指指日朗天清的碧空，说："不下雨啊！"

雪加也抬头看了看，天气真好，白云一片一片飘在碧蓝的天空，偶有伯劳鸣叫飞过，完全没有下雨的迹象。巫妈妈叹口气，说："这可是梅雨时节啊！"

巫爸爸将刚从外面拎回来的瓦缸递给巫妈妈，说："这是三苗国人送的新麦粉。"

巫妈妈揭开瓦缸，瞧了瞧，说："这么少？"

巫爸爸无奈地点点头，说道："说是今年雨水不足，新麦收得不好，就给大家都匀了点儿，让尝尝鲜。都盼着梅雨呢！"

巫妈妈没再说话，抱起瓦缸进了厨房，巫爸爸送完麦粉又出门去了。过没多会儿，巫妈妈拿了两把小刀出来，对雪加和巫澄说："你俩想不想吃糖脆梅？"

巫澄小嘴微张，两眼闪光，点头如捣蒜。雪加此时脑袋里只有两个词在打转儿：冰和梅酱。但见巫澄如此反应，便胡乱地点点头。

巫妈妈微笑地将小刀子递给他们，又把装满青梅的竹篮推到他俩面前，说："来吧！数一百个，还要在梅子上划出浅纹路！"

见满眼的青梅，巫澄指着巫零问："那巫零呢？"

巫零幸灾乐祸地说："我啊，监督你们啊！"

巫妈妈瞪了她一眼，说："巫零去熏乌梅！"

巫澄大笑起来，说："哈哈，热死你！"

真是乐极生悲！巫零嘟嘟囔囔，走去拿熏梅子的蒿叶。巫妈妈又说："零零，待会儿煮梅子的时候，顺便把糖拌梅也做了。"

这下换巫澄幸灾乐祸了，开始朝巫零扮鬼脸。然后他拿起刀子，教雪加怎么在梅子上划纹路。

巫零和巫妈妈将一口滚水沸腾的大锅抬出来，放院子里，随后巫妈妈就回了厨房。巫零挽起袖子，绑了臂绳，将头发束在脑后。再去找个竹筐，用葫芦瓢从滚烫的水里，舀出几瓢煮烂的梅子，放一旁。

接着又往滚水中倒入一大罐的饴糖，那坨状的饴糖迅速消溶于滚水中，水瞬间变黏稠。巫零倒入梅子，拿竹棍使劲儿搅拌，糖和梅子绞缠，黄澄澄的饴糖裹住梅身，梅子一颗颗粘在一起。巫零费了大力，才搅拌完毕，她又将糖拌梅子从锅里捞出，放到搭着屉布的竹筛子里待凉。那可口的饴糖和青色的梅子，在太阳光下，闪耀着诱人的光芒。

雪加瞧着，直咽口水。

　　做完糖拌梅，汗流浃背的巫零拢拢头发，重新束了马尾，又开始制作乌梅。她先将装梅子的竹筐，浸入清清凉凉的井水，过了会儿，拎起竹筐，水哗哗从竹筐缝隙漏出，待水差不多跑完，再将冷却的梅子去核，放一边待用。巫零拿浸梅子的水洗了把脸，凉意浸入皮肤，好舒服！

　　巫零将剩下的水洒到地上，画出一个圆圈，然后在圆内点燃蒿叶堆，以围裙扇风，干燥的蒿叶随即噼噼啪啪烧起来，香气随风蔓延，火势渐渐变大，一大堆蒿叶，不知不觉就烧尽了。等火渐熄，巫零将装青梅的竹筐，支到蒿叶灰堆上熏。

　　这边巫澄和雪加的一百颗梅子也处理完毕。巫妈妈从堂屋探出半个身子，喊道："来吃麦饭咯！"

　　巫澄丢下刀子，撒腿就往屋里跑，雪加守着梅子，跑也不是，不跑也不是，左右为难。巫零见了，说："赶紧去！我来收拾！"

雪加将刀子放梅子上，也赶紧尝麦饭去了。巫零将他俩收拾出的梅子归拢、装进竹篓，把竹篓一并端进堂屋。

巫澄、雪加端坐桌前，等巫妈妈将麦饭分到他们的碗里。只见那麦饭被各种野菜包裹——新麦里有芹菜、茄子、香葱、苜蓿、苋菜、茭白，各色蔬菜混着面粉揉，再上锅蒸三盏茶工夫，香喷喷的仲夏麦食就出笼了！

巫澄一勺一勺舀了放进嘴里，雪加也大口大口地吃。巫妈妈又分了一点给巫零，自己只尝了一口，剩下的用纱布盖起来，留给巫爸爸吃。

轰隆隆——轰隆隆——

突然雷声震天，一道闪电划破长空。巫澄端着碗，跑到门口，边吃边看，大喊："要下雨了！"

巫妈妈欣喜地说："巫零，赶紧把院子里的糖拌梅端进来！"

巫零将筛子放桌上，瞧着蒿叶堆里的乌梅，说："乌梅怎么办？"

巫妈妈："先拿进来！"说完，赶紧放个陶罐到院子中央，趁这时机接点雨水，巫零高兴地说："可以做梅酱咯！"

哗啦啦——

一阵骤雨如鼓点敲响大地。热浪被冲刷而下的雨水压低至地面，繁花用幽芬承接雨滴，青草香味四散于雨里、钻入屋内，烈日灼烤下皱皱巴巴的树叶，在雨中舒展开，与雨水奏响人间雅乐。

那透明的雨水，一簇簇坠入大地，水与土交融在一起。

雪加、巫澄并排站，望向天空，乌云很快被南风吹走，雨中的太阳，阳光里的雨，雨水似乎成了太阳金黄的眼泪。雷泽神鼓其腹，雷响震天，他奋力布雨，但奇怪的是，应龙却并未紧随其后，梅子熟时，施雨的主力可当是应龙啊。

雨势渐收，雷泽神到底还是没能撑多久，一会儿工夫，雨就止歇了。淅淅沥沥的小雨，瞬时在阳光下消失。巫妈妈脸上的欣喜随之也变为忧虑。巫澄扔下碗筷，拉起雪加的手就往家外跑，去找其他孩子打泥巴仗！

孩子们嬉笑叫闹，抓起湿润的泥土，揉成团，朝伙伴身上砸去。稠乎乎的泥巴，在空中画出弧线，裹挟起地里青翠的叶片，黏得孩子们一身都是。巫颂朝巫澄猛扑，巫澄一头栽倒在泥水里，他挣扎着站起，用手抹干净脸上的泥水，拂开眼皮上的泥巴，大口呼吸。巫澄在地上抓了一手泥，往巫栋脸上蹭，巫栋不断挣脱，试图逃出巫澄的魔掌，两人追打嬉闹。雪加和巫柳把泥水甩得到处都是，兴奋地尖叫，跑来跑去，跑了一阵儿，两人紧紧相拥，身上的泥水相溅，她俩似银铃相撞的笑声，一阵阵回荡于空气里……

竞渡邀请

过了几日，巫妈妈拿荷叶包乌梅，又以麻绳捆了，让巫零给巫景家送去。巫澄、雪加吵着要一起去。到了巫景家，把乌梅递上，巫景妈妈冲梅酱水给大家尝。围着桌子坐下，众人有一搭没一搭闲聊。雪加美滋滋喝梅酱水，巫澄则如同牛饮，一直嚷着再来一碗！再来一碗！

巫零小口浅尝，说："梅酱这么快就好了……"

巫景妈妈说："好不容易接了点儿零星的雨水，拿那水做了。唉，今年这雨怎么也下不畅快。"

巫零说："我听爸爸说，今年可能干旱。"

巫景妈妈说："可不是，其他部落都担心着呢！"

巫景接过话头，说："听说可能要举行求雨祭祀。"

巫景爸爸说："那也不一定，要是雷泽神能哄好应龙，雨水还不是说来就来。这都得怪那共工，老是跑去惹应龙。"

巫景妈妈说："这不下雨，不会耽误今年的竞渡吧？"

一听可能无法竞渡，巫澄不乐意了，大叫起来："不会的！"

巫景笑了，说："不会，巫文已经找过我，说竞渡还照往年进行。待会儿我们就要见面商量。"

桐树枝叶繁茂，阳光穿过缝隙，树影片片斑驳。巫文站桐树下，巫正背靠大树，两人静静赏花。风一阵阵，轻抚花枝，花儿在清风中摇曳生姿。巫颂无聊地东跑跑，西走走，盼着巫澄快点到来。

巫景、巫零带了雪加和巫澄来到桐树处，又等了会儿，巫桃、巫棠、巫柳、巫杨也到了。巫文开口道："南海、西海、北海、东海，分别位于大荒山的四极，大家想去哪儿？"

巫景首先开口，说："我去南海，有谁跟我？"

巫澄说："我！"

巫颂也赶紧说："还有我！"

雪加早已打定主意要和巫文哥哥一起，便说："我要跟巫文哥哥。"

巫文笑说："那我们去西海吧，那里的莲荧岩洞美得不可方物。"

雪加点头，开心地拍手笑起来。巫零瞧了巫景一眼，拉起巫桃的手，表示："我们几个就去东海吧，正好见见珠月。"

巫柳痛快表示："行！"所以，巫桃、巫棠、巫柳、巫杨跟随巫零去东海。

只剩巫正了，巫正说："那没得选了，我去北海。"

巫文说："好！现在出发，月升之时，还在这里会面。"

众人各自散去。巫正一路向北，走了没多久，遇到正往那棵桐树赶的巫行和巫治，巫治跑来问："巫正哥哥，大家都散了吗？"

巫正说："散了。"

巫行瞧着巫治，一副快急哭了的样子，问："那怎么办？"

巫治也哭丧起脸。见状，巫正开口："你们要是愿意去北海，就跟我走！"

两人连连点头，欢天喜地跟巫正去了。三人一路向北，走了好久，翻山越岭，从溪水走到河流。只见河水清澈，颜色各异，青碧的水波光粼粼，玉色的水倒映出两旁纷呈的树，树木一色翡翠，展现出夏日生机。

头顶有六头鸟不时飞过，巫正抬头看了看，便往河边走去，他跪爬在岸上，以头扎进水里，睁大眼睛各处张望。巫行巫治也学他的样子，将头扎进了水里。巫行张口想问什么，一股水泡泡从嘴里喷出，他立刻将头从水中抬起，大口大口呼吸。巫治、巫正也出水，巫治问："巫正哥哥，你找什么？"

巫正不搭腔，继续赶路，两个小孩儿只好默默跟着。森林之中，竟然有个池塘，只见一朵朵荷花迎风而举，有的月白，有的嫣红，有的粉，有的紫，还有的是间色的，花香阵阵袭来，是让人沉醉、流连的清芬。翠绿的荷叶出水甚高，亭亭如盖、重重而立，将娇艳的花儿掩映其间。

巫治忍不住想去拔藕，踩到一块还算平整的青石上，小心翼翼伸长手臂，巫行站塘边，拉着他的手，巫正就在一旁看着。巫治盯着一枝荷秆，使劲儿打直手臂，再伸长一点，再长一点，眼看就要够到了，还差一寸……就在抓住荷秆的一瞬间，巫治脚底打滑，一下滑进了池子。

巫治吓得魂飞魄散，一枝枝芰荷仿佛变作了遮天的巨木，他在水里胡乱扑腾……巫正刚要纵身入水，就听塘内有窸窸窣窣声，只见一头巨蟒跃起，将巫治撞出了池塘。

巫正定睛一看，叫起来："鱼妇！我就知道……"

巫治坐地上拍胸口，巫行悄悄站到巫正身后，那叫鱼妇的巨蟒并不理会他们，而是望着池塘。没过多会儿，另一头巨蟒浮出水面，说它是蛇又不像蛇，因为它身体虽然是蛇形，但脑袋却是虎头。

两头巨蟒两两相对，目露凶光，仿佛正在争夺池塘。见此情形，巫正拉起两个小孩儿，准备离开，但巫治、巫行却不愿走，他们想看巨蟒之斗。不过巫正当然也不会理会他们的失望，强行将他们拉走了。又走一阵，巫行双腿发酸，肚子饿得咕咕叫，便撒

起娇来："巫正哥哥，我们还有多久才能到？"

巫正说："快了快了。"

巫治说："我们休息休息，行不行？"

巫正走到一棵大树的阴凉处，说："那就在这休息一会儿吧。"

说完又去找些野果子，给他们当午饭吃。正吃着，不远处传来激烈的打斗声，巫行巫治立刻竖起耳朵，静静听了会儿，咬着果子，丢下巫正循声而去，巫正只好无奈跟上。

一片空地上，只见一群人正和一头野兽对峙……

巫景领巫澄、巫颂往南面，首先抵达盖犹山。一进盖犹山地界，成片成片的菌类出现在眼前——色泽黑褐，质地柔软的黑木耳，形状和人耳一般，如蝴蝶玉立娇花，生长在被南风吹倒、已经衰亡的腐木上。巫景对巫澄和巫颂说："这也称作木蛾。"

巫景又指着另外一些，说："看这重瓣木耳，层层镶嵌在树干，宛如片片浮云，所以又叫云耳。"

再往盖犹山深处走，一棵棵巨大的阔叶腐木横亘于地，木身、木底长满菌类。巫景俯身细细查看，只见玉白的雪耳，成堆成簇；大樟树的根上满是赤芝和木灵芝；伞状菌类四处可见，有草菇、平菇……一棵枯竹根部，竹荪盛开着，它的菌帽呈深绿，菌身雪白，菌托是粉色，菌柄顶端围着洁白的网裙，从菌盖向下铺展，似有雪裙飘飘之感。巫景赞叹道："山珍之花果然名不虚传。"

巫澄、巫颂随巫景脚步，也在细细观看。巫景指着腐木上一粒粒白球，说："白球菇！还有羊肚菇！杨树腐木上的金钱菇，哦！还有鸡油菇、牛肝菇、口菇……哇！真不愧是森林的孩子，看看他们守护和创造的这一切，真是太美了！"

巫澄问："森林的孩子？谁？我们吗？"

巫景笑说："我是说菌类。"

巫澄、巫颂望着他，期待着他继续。巫景又说："它们对森林来说，就是神赐的礼物。大自然每天有无数的死亡在发生，朝生暮死，春生冬死，花儿凋落，树木衰亡，腐败的枯枝落叶，种种禽兽的粪便……这些衰败和死亡，落到大地，会怎么样呢？"

巫颂说："对啊，会怎么样呢？"

巫景说："我们有没有见过堆积如山的万物之尸？"

巫澄巫颂摇摇头。

巫景说："这就是菌类的功劳。无数的细丝组成一株菌，好

像蛛网，它们总是生长在阴暗的角落，比如落叶下，比如腐木里，或者土壤中。它们一生都如此隐蔽，只在腐坏里求生，在万物之尸上寻找生存的机会，它们将腐败变作养分，在消解万物之尸的过程中，产出珍宝，既成全自身的美，又帮助森林消化死亡……"

巫澄说："哇！真厉害！"

俩小孩蹲下身，轻轻抚摸身边的菌类，忽然觉得小小的菌类，周身正闪闪发光。巫澄问："今年不是雨水少吗？怎么这里的菌还能长得这么好？"

巫景思考了一下，说道："那肯定是因为……"

"那当然是因为我们菌人在此守护咯！"一个声音忽然从腐木底部传出。

巫颂将头探到腐木底端，一瞧，啥也没有。那声音跑到了腐木之上，说："咦，这不是当年想用狂风吹走我的孩子吗？"

巫澄将脸凑近他，一位小小的青年，气宇轩昂地骑在一只蟋蟀背上，他背后还坐着一位漂亮姑娘，只见她腼腆羞涩，盈盈浅笑。巫澄想不起在哪儿见过他，但觉得好面熟，歪着头想了又想。那青年又说："不记得啦？在羲和娘娘的神殿里呀。"

啊——

巫澄一拍脑袋，想起来了。原来是那个拿草刺和他决斗的小菌人。巫澄说："但是……你怎么……"

菌人说："哈哈……这都过去多少年了，我早就长大成人了！看，我都结婚了，这是我的妻子。"

巫澄百思不得其解，说："我们不是今年春天才见过吗？"

菌人说："那是你们的时间，我们的时间和你们的可不一样。"

巫景戳戳巫澄，解释道："菌人的一生只有四季，也就是说，所有生命的长度不一样。比如像不死国人，寿命就比我们长，对不对？再比如烛九阴爷爷和帝江爷爷，他们是永生不死的。"

巫澄似懂非懂。

菌人笑了，和他们寒暄，从话语间可以听出，他不再是"当年"那个口出狂言的小孩儿了。他问："你们这是要去哪儿啊？"

巫颂大声道："南海！找海神！"

"哦，那倒是不远了。沿着这个方向一直走，路过羲和娘娘的神殿，再翻过宋山和重阴山，就到了！"菌人手指南方说道。

巫澄说："我们知道。"

巫景说："谢谢指点！"

菌人又说："你们要小心蜮（yù）民国的猛兽——蜮，它凶猛无比，最好避开！"蜮民国位于大海之外大荒南极的部落。

巫景点点头。菌人向他们拱手施礼，然后拉起缰绳，说："那我就先告辞了！"

说完，驮着妻子，绝尘而去。

又说北海之行的巫正与巫治、巫行，因听到打斗声，循声而去，只见一片空地上，有四五人与一头野兽对峙。对峙双方一动不动，人群周围，另有几头兽：虎、豹、熊、罴（pí）[1]，它们静静地，

---

[1] 罴：传说中的猛兽，属于熊的一种，又称棕熊、马熊或人熊。

绕着被围困的猛兽走来走去。与这群人对峙的野兽，叫猎猎，它体形硕大，看着像熊，但体积又比熊大出许多倍，正发出狂暴的怒吼。

忽然，那几人中，一人吹响哨音，备战的几头兽，纷纷朝自己的主人跑去。他们每个人跨坐到一头兽背之上，吹哨音的那个，骑的是一头猛虎，他指挥同伴对猎猎发动攻击。众人骑兽，围着猎猎打转儿，他们的策略是，先模糊猎猎攻击的焦点，再取出苎麻绳将它捆住。其中四人甩绳，首先拴住猎猎之掌，然后一人跃下坐骑，往猎猎身下钻，趁猎猎慌乱时，用粗绳捆住了它的躯体，最后，众人再将坐骑调头，反向狂奔。只见麻绳越拉越紧，猎猎发出阵阵惨叫。

真是不忍目睹！

那几人见猎物到手，吹口哨欢呼。见状，巫正心中生出一股不忍又不平之气，便念起时空咒语："以时间神烛九阴之名，你带来生命，又使我们奔向死亡，你青春而衰老，你须臾之间，沧海桑田，请降吾神力，吾以虔敬奉呈，在善与真的引导下，怀抱对万物的敬畏之心，借神之力改变世界……"

时间暂停。

巫正走上前去，只听猎猎正呜呜咽咽，眼里泛着恐惧的泪光。他赶紧解开捆住猎猎的绳索，猎猎感激地瞧了他一眼，迅速消失在了森林深处。

魔法解除！

冻结的欢呼声一刹那间解除，猎猎却不见了踪影，望着空荡荡的绳索，欢呼的人很生气。他们不死心，四处寻找，但哪里还得见猎猎。其中领头的人，一手抓住巫治的后领子，另一手抓住巫行的，将他们举到半空中，恶狠狠地质问："是不是你们做的好事？"

巫正大喊："对，就是我！"

那人将巫行巫治扔到地上，飞起一拳，打在巫正脸颊，巫正踉跄退后，猛地坐倒。脸颊受到重击，一开始麻麻的痛，渐渐变作火辣辣的痛，一口咸酸味儿在他嘴里散开。巫正用手背擦了擦嘴角的血，愤怒地看着那人。

那人冲过来，又是一记铁拳落在巫正身上。巫行、巫治吓傻了，其余四人站一旁，既没劝和，也没有要上前加入的意思。巫正也不逃跑，任那人痛揍，几拳之后，巫正浑身筋骨发疼，那人也终于停手。

那人说："你可知猎获猎猎之人，可成为我部落下一任首领？"

巫正点点头。那人暴怒地说："那你还放走他？"

巫正痛苦地站起来。巫行、巫治跑过去扶住他，擦擦他脸上的血污，说道："你们可以改改规矩，名为猎猎的生灵，可不是你们彰显武力的虚荣之物。"

那人气急败坏地吼道："那可不是虚荣，那叫荣誉！勇气！"

巫正嗤笑道："荣誉？荣誉是牺牲，不是无端的捕杀！"

那人语塞："你——你们巫咸国尽出蠢货！哼！我们走！"

说完，一行人乘坐猛兽，往森林深处飞奔，继续去追猎那头古老的巨兽。

南行的巫景一队，路过羲和娘娘的神殿，遥遥观望了一下，便急忙赶路，很快就到达宋山。宋山满是枫树，仲夏的枫树叶，叶尖呈深红，叶面则还是深深浅浅的绿色。宋山和别的山不一样，有一股杀伐之气，阴气森森，巫澄巫颂不觉握紧巫景的手，巫景也加快了出山的步伐。

巫澄说："这里好可怕！"

巫景说："这里以前是战神蚩尤囚禁犯人的地方，传说有个叫祖状的犯人死后，变成了这儿的守护神……"

巫颂浑身打冷战，说："我们赶紧走吧！"

过了宋山，他们根据菌人的指引，避过猛兽蜮，绕路到了重阴山。重阴山树木蜿蜒，偶见野兽出没，一片祥和清静。正走着，忽然听到一阵欢快的口哨声，没多会儿，一名高壮男子，肩扛着巨虎出现。巫景心想，他应该就是重阴山的神力士季釐（lí）吧。

巫景上前问好："你好啊！"

季釐长得特别憨厚，声音粗壮，笑呵呵地说："你们好啊！"

巫澄凑上去问："你为什么打老虎？"

季釐："它啊，今天又去村里捣乱，被我捉了。你要不要？我把虎皮扒下来给你！"

巫澄连连摆手，说："不要不要！"

季釐又傻呵呵地笑起来，站着也不走，但又没放下肩上的虎。

巫颂大声说："我们要去找南海海神。"

季鳌说："哦哦！他啊，就在前头楠树下，正和因因乎大爷下棋聊天呢。"

巫景见季鳌好像不太善于和人打交道，便说："那我们这就告辞，下次再见吧！"

季鳌憨憨地笑着："嘿嘿！好呀好呀！再见再见！"

巫景他们找到那棵楠树，果然有两个老头儿，正坐在树下，其中一位人面鸟身，满头银发，胡须飘飘洒洒，大翅膀收在身侧，他是南风神因因乎；另一位头发花白，两耳各佩戴一条青色小蛇，他就是巫景此次拜访的对象——南海海神不廷胡余。走近一看，棋盘摆在一旁，棋子胡乱摆满棋盘，两人没下棋，只顾喝酒吃肉，谈笑风生。

巫景上前施礼道："你们好！"

两位老人抬眼，看了看眼前这个年轻人，又瞧了瞧跟着他的两个小孩儿，说："好啊！"

巫景又对南海海神施礼一次，问道："我们巫咸国明日竞渡，不知您可否前来帮忙？"

南海海神摸摸耳朵上的青蛇，笑对风神道："老头儿，要是你能去助我一臂之力，我就考虑看看。"

巫澄、巫颂展开笑脸，望向银发大爷，那副既期待又可爱的模样，逗得因因乎哈哈大笑，说："要是我去的话，那你岂不是赢定了！都不用带你那两条红头蛇。"

正说着，只听有咝咝吐舌声，从楠树树干之间传来，抬头一看，原来是两条红色巨蟒，吐着舌头，慢慢往地面匍匐而来。

不廷胡余说："看吧，惹得它们都不高兴了。"

巫景赶紧又问："那您可以去吗？"

不廷胡余说："去！当然去啊！还要把这大言不惭的老头儿也带去！"

雪加和巫文一路往西，不知不觉到了玄丹山。一条溪流，溪水清澈，偶有小鱼出没，溪边湿润处，半枝莲根茎短粗，紫色小花儿开满一路。

玄丹山森林里，最多的是松树和柏树，一圈圈的绕龙草，缠着松柏树干，开出形状各异的花儿，有圆叶的，有裂叶的，还有掌叶的。巫文牵起一朵火红的金鱼花问雪加："漂亮吗？"

雪加指着另一朵掌叶的说："那个更美！"

两人继续前行。乍见一捧捧嫣红、粉白的花儿，煞是惹眼，那灼灼盛开的模样，胜似桃花，并且花香馥郁，老远就可以闻到。走近一看，这花的叶片似柳叶，又如竹叶，花儿都长在枝条顶端，花瓣一片一片，相互交错，形状好似一只漏斗。

雪加问："这是什么花？"

巫文说："夹竹桃。"

雪加说："这花才是今天见过最美的！"

巫文说："美是美，但有毒，不过既是毒又是药。"

嘎嘎——

头顶一阵粗粝的鸟鸣，两只巨鸟飞过，鸟儿的羽毛是五色，长着人面，披散着长发，嘎嘎嘎不停叫。雪加见了，嫌恶地说："好丑啊！真可怕！"

巫文哈哈笑起来："丑得可怕，是吧？人面鸟听了可得伤心咯！"

雪加不好意思地吐吐舌头。问："巫文哥哥，你说的莲荧岩洞还没到吗？"

巫文朝四周看了看，道："快了，玄丹山过了是日月山，莲荧岩洞离常羲娘娘的神殿不远。"

雪加问："常羲娘娘是谁？"

巫文说："羲和娘娘是日之母，这常羲娘娘啊，就是月之母咯！"

雪加兴奋地问："那我们要去看常羲娘娘？"

巫文摇摇头，说："先去看莲荧岩洞好不好？"

雪加嘟起小嘴，有些失望，但还是说："好吧。"

巫文拉起雪加的手，往日月山而去。最先迎接两人到来的，是一条宽阔奔腾的大河。巫文对雪加说："这叫月河，常羲娘娘住在对岸。"

雪加引项而立，跐起脚尖，使劲儿张望，只见远处白雾缭绕，灰灰白白，有尘烟四起，那烟尘仿若月光，而一座神殿，就在那烟罗中影影绰绰。巫文说："秋分时我们再来看常羲娘娘！"

绕过河涛奔流的月河，又见两座青山高耸，并列而立，山与山头紧紧相靠，山脚分离，只留出一条细细窄窄的山路。山门口蹲了个物件，特别大，即使蹲着也比巫文高出两个头。他没有胳膊，两条腿反架在脖子上，笑眯眯的，一动不动。

巫文上前施礼："嘘神，你好啊！"

被称作嘘神的物件并不搭腔，依然笑眯眯。巫文又说："这是我们巫咸国的小客人，她叫雪加，我想领她看看莲荧岩洞，可否借借你这路？"

嘘神还是笑而不语。雪加悄悄躲到巫文身后，拉着他的衣角不放。巫文又施礼一回，便领雪加进去了。雪加不时回头看嘘神，那高大的背影始终一动也不动，好像雕塑一般。他俩往两山深处越走越远。雪加想，最后再看一次吧。一回头，正对上嘘神神秘的笑，可把雪加吓了一大跳。

两山之间重重叠叠的巨大岩石四处可见，岩间细细的溪流蜿蜒，在山石之间穿行。依水而生的藤萝，相互纠缠错落。这里极其安静，比森林更寂静，静到让人觉得害怕。只听彼此的脚步声、潺潺的流水声，在万籁俱静的山间，不断回响。

陡峭之路似乎走到了尽头，纠缠的藤萝消失在了岩缝里，溪流变作宽阔低浅的水潭，水潭掩映着岩洞，而水潭之水的来处，就隐藏在漆黑岩洞的深处。巫文、雪加挽起裤腿，巫文拉住雪加

的小手，两人亦步亦趋步入水潭，往黑魆魆（xū）的岩洞内走去。

　　一进洞，花儿的幽香扑鼻，但潭水透心凉，雪加不觉瑟缩起来。黑暗一下子蒙蔽双眼，眼前什么也看不见了。雪加掌心冒汗，一只手握住巫文的手，另一只手还紧紧拉着他的衣摆。巫文安抚她："没关系，别怕，慢慢来，我就在这儿。"

　　却只听他的声音偏远，在岩洞里来来回回响。

　　啊——

　　一个打滑，雪加大声尖叫，巫文牢牢抓住了她。潭水渐渐没过膝盖，一股凉凉滑滑的触感，扫过雪加腿部的肌肤。雪加骤然觉得惊恐，她声音发颤，说："巫文哥哥……有东西……我的腿……是不是蛇啊……"

　　巫文笑说："莲花！来，你闻闻！"

　　说完将雪加慢慢拉到一朵莲花前，让她嗅一嗅。雪加细细摸了摸，又闻了闻，清香沁人心脾，悬着的心这才落下。渐渐地，前方出现了细细碎碎的、澄碧的光，雪加在那微光映照中，才看清自己脚下——原来是圆圆的莲叶稀稀疏疏，摆在潭水面上，偶有几朵莲花正盛开于黑暗中。

巫文将雪加拉出水潭，迎着微光，两人往更深处走去。越往深处走，光越亮，岩壁的流萤越来越多，萤火在洞中一闪一闪，宛若夜空里的繁星点点。

哇！雪加不停发出赞叹，点点荧光似悬针滴水，针尖儿有水滴落下；又像是拂树生花，树枝上垂挂明珠，像极了珠帘，莹莹闪光。流萤愈多，爬满岩壁，不停吐出一丝一丝的黏丝，尾部闪光，光芒汇聚，如烈火熔化生铁，赤红的流岩从锅里泄出，随地流走，只见红光闪烁，又似星云腾飞。

继续前行，潭水光影摇动，抬头看洞顶壁，有层层叠叠的流萤会聚，浅碧色的光河与墨色的深潭水相互映照，隐隐约约，水面似有一朵朵莲花静卧。巫文和雪加横越莲花潭水，不过这次雪加不怕了，满壁的流萤之光美不胜收，哪还有时间觉得恐惧？

光明渐显，水流声骤大，轰轰而下的水流，飞坠潭底，岩洞口竟以一瀑布作帘。面对飞流直下的瀑布，雪加大声问巫文："我们怎么出去？"

巫文微微一笑，示意雪加深吸一口气，雪加照做了，脸颊鼓起来，像只小金鱼。巫文又让她捏住鼻子，然后慢慢推她入水。一进潭底，巫文宛如一游龙，他扶住雪加双肩，上下摆动双脚，朝光明处，一下子就穿过了瀑布。两人出水，巫文将雪加架到自己肩头，雪加迫不及待地大口呼吸，巫文双手扶着她的腿，往岸上走去。

水潭岸，嶙峋的岩石层层叠叠，巫文帮雪加拧干衣服，雪加望向那瀑布——水之烂漫，好比暗夜天上的银汉，水流倒倾，从九天飞落到黄泉；又好似玉色的虹龙，坠饮在涧。瀑布雄壮丰隆，那气势仿佛能使风碎；溅起的水涛，宛如织锦的雪浪，泻起层滩千尺绿波。

雪加被自然之壮美震慑，只是痴痴傻傻凝望。

水潭里面冒出一股股气泡，一个暗色的身形在潭里挣扎。忽然那身形一个翻身，仰面露出水面——巫文望了一眼，惊讶地说："虫菟（tú）……"

虫菟面色痛苦，发出凄凉的惨叫，巫文赶紧跳下水，将它抱起，放到了雪加脚边。雪加俯身，与仰躺的虫菟面对面，说："长得像兔子，但脸又像小猴子……"

虫菟的长毛湿漉漉贴在身上，它努力翻身，变仰躺为俯卧。雪加见它后腿有血迹。巫文查看了虫菟的腿，说："雪加妹妹，它的腿受伤骨折了，现在我要去那边森林找些树棍儿给它绑上。你在这儿守它一会儿好吗？"

雪加点点头，巫文便转身离去了。雪加摸摸有气无力的虫菟，又朝水潭周围四望，瀑布飞落崇山，岩层叠起，葱葱茏茏的森林里，不时传来鸟叫……咦？那边洞怎么在冒白烟？

雪加想去探个究竟，回头瞧瞧可怜兮兮的虫菟，又再望望那山洞，怎么办好呢？雪加俯身对虫菟说："我就去看一下，真的

只看一下，你要是不想我去，就现在拉住我的腿，来，给——"

说完将腿伸向虫菟，那虫菟瞪了雪加一眼，有气无力地抬起前腿，刚想放到雪加脚上，雪加却立马收回了腿，说："哈，给你的时间到了哦，是你自己没拉住的……那，我去去就回！"

说完就朝那山洞飞奔而去。愈靠近山洞，愈能感受到寒气，白烟滚滚，山洞中还有光透出。雪加耐不住好奇，虽然对未知有些恐惧，但又好想知道是什么如此仙气飘飘。

好冷！雪加禁不住打个寒噤，进洞摸着山壁前行，山壁也透着凉意。越往里走，越冷。渐渐地，一座巨大的"冰山"出现在眼前。雪加张大嘴，好厉害！这不就是冰吗？用它来吃梅酱的话……想想都垂涎三尺。雪加走到冰山前，想抠出一块带回家，但冰好硬，便在地上随意捡了块石头，想用那石块砸下一块冰。正哐哐砸着，有个身影悄悄飘到她背后，一把拎起她的后领，说道："干什么？！小孩儿！"

雪加一惊，石块落到地上，冰山好不容易才被她砸出一道浅浅的凹痕。雪加大叫："对不起！对不起！"试着回头，想看看抓住她的人是谁。

那人将雪加放下，雪加才看清她也有一头红发，和巫阳老师一样，还有两条小青蛇盘在她头顶，正咝咝吐舌；金色长裙下藏着鸟的身体，她不说话，就静静看着雪加。雪加局促起来，便问："这是你的冰啊？"

话音刚落，巫文一脚踏进山洞，一见那人，赶忙施礼，道："弇兹（yǎn zī）女神——"

说完将雪加拉到自己跟前，介绍道："这是——"

"雪加。"

被唤作夋兹女神的人笑着说："我知道，烛九阴的客人。"

巫文点点头。夋兹问雪加："你想要冰啊？"

雪加点点头，说："巫爸爸说，用冰冲梅酱是人间美味，巫零姐姐特别想喝，我想带点冰回去给他们尝尝……"

夋兹说："等你带回去，早化了。"

雪加低下头，不知该说什么。巫文接过话头，说："明天我们巫咸国海神竞渡，想请你来参加。"

夋兹笑起来，说："好啊！去年没去成，今年怎么也得去一趟。"

雪加终于还是没忍住，怯生生地问："那你可以顺便带点冰来巫咸国吗？"

夋兹看雪加一脸真诚，哈哈大笑起来，说："行啊！"

一听这话，忐忑的雪加展开笑颜，高兴得上前紧紧抱住夋兹的腰，大声道谢。

等两人从山洞出来，虫菟还趴在地上，它幽幽地又瞪了雪加一眼，雪加仰头对巫文说："哥哥，那个虫菟在瞪我……"

巫文好气又好笑，道："还不是因为你丢下它自己跑掉了。"

雪加蹲在虫菟身旁，边顺着摸它的颈毛，边说："对不起啦！"

巫文帮虫菟固定好骨折的腿，然后抱起它，对雪加说："虫菟是太子长琴的家人，太子长琴就住在森林里，我们先把它送回去，再回家！"

天狗食月

霞光密密，森林上空层色分明。浅乌金色的云气，薄薄一层，沿着参天之木的树冠边缘，为森林镶起了金绲（gǔn）边。

青山渐暗，苍蓝的天幕上，有繁星闪闪，圆盘似的大月亮高高挂起，轻风中咿咿呀呀的森林，为晚归之人，哼起了悠悠晚唱。雪加巫文最先回到桐树处，没多会儿巫景三人也回来了。

一见巫澄，雪加开心跑去，两人叽叽喳喳交换见闻。巫文问巫景："怎么样？海神来吗？"

巫景说："来啊，还说让南风神也来。"

巫文笑了："那挺好，风神来肯定热闹。"

正说着，巫正他们也到了。一见巫正脸上那光景，巫文凑上去看，打趣地说："怎么？还和谁打上了？"

巫行抢答："巫正哥哥救了一只野兽，所以被揍了。"

巫正瞪了巫行一眼。巫文拍拍巫正的肩膀，问："怎么样？北海海神来吗？"

巫正没好气地说："不来，说太热了，懒得出门。"

巫治又插嘴："还有还有，我们见到旱魃（bá）①神了！"

旱魃神？

巫文巫景一惊，互看一眼，又望向巫正。巫正说："是啊，隐遁多年的旱魃女神，今天竟然被我们撞见了……"

巫景不住朝东面张望，看巫零怎么还不回来。一阵云行，突如河涛翻滚，两道长云似水柱，渐渐交汇，一刹之间，望月消失在圆状的云气里。月光透过云气，晚云里，墨灰含着火红，宛如银炭烧红的色彩。森森万木立于夜空下，夜空的绀（gàn）色里泛着黑，云气一下散去，圆盘似的望月仿佛一朵白莲花，盈盈立于东边天上。

突然，月亮边缘似被怪物咬了一口，咬出个缺口，暗夜幢幢，云气蒸腾，那怪物狡猾，飞快躲进了厚厚的云层，使人难辨其真身。一口一口，怪物狼吞虎咽，啃食着月亮——

初亏、食既、食甚。

巫澄问巫景："月亮被吃了吗？"

巫景怔怔地望着天空，惊异得说不出话来。巫颂紧紧抓着巫景哥哥的手，一脸惊恐的样子，巫行、巫治也不自觉靠向巫正。巫文双手搭在雪加肩上，说："天狗食月，必有灾异。"

雪加一脸天真，瞧着渐渐变成乌铜色的月亮，心想：月亮可

---

① 旱魃：出自《山海经·大荒北经》。是住在大海之外很远的大荒北极的女神，她一出现就会带来干旱。传说她参加过黄帝与蚩尤的战争，也就是涿（zhuō）鹿之战。

真美啊！咦？颜色好像又变了，只见水苍色的月色中，泛着一带一带的棕黑。接着，水苍色又变为更暗的茶色，茶色变作黑灰，一瞬间月亮暗淡至不可见——可能天狗将月亮吞尽了吧。

如此暗黑不过一会儿，众人在黑暗里屏息静观，那一瞬好似一年。月亮终于再次展露光芒，一弦一弦，生光半圆，望月复圆，一轮皎洁而明亮的月，仿若没事儿一般，又挂在了中央天空上。

月食后，蛙鸣复起，一声、两声，疏疏落落，一声声、一声声，忽而密集起来，如千人擂鼓，呱呱呱的鸣叫，自旷野各处而起。

巫景朝东望眼欲穿，不知巫零见月食有没有很害怕？他不安地来回踱步。一簇、两簇、三簇，荧荧火光从远处闪闪而至。

巫零终于回来了！

巫景飞跑着迎上去，拉着她问："没什么事儿吧？"

巫零笑了，摇摇头，说："能有什么事儿。"

巫景问："东海神来吗？"

巫零说："来，还有弱水河神也要来。"

巫柳凑上来说："水虎和珠月姐姐也来。"

巫澄两眼放光，大叫起来："太好了！终于可以见到珠月姐姐咯！"

东海一行人，这才七嘴八舌讲起自己的见闻。

话说那日清早，她们紧赶慢赶，先绕去氏人国，找珠月。途经弱水，这次没有捣乱的猴子，建木倒是很安静，一动不动，保持着自己树的尊严和本色。宽阔的弱水平静无波，距离河岸很近的水面上，露出两截像是老虎皮的东西。巫柳忍不住跑到水边，伸手去抓，一掌按在虎皮上，刚想抓起，却霎时水花四起，水底蹿出一头怪物，它反手钳制住巫柳，抓住她的肩膀，狠狠将她拽进水里。

巫柳奋力挣扎，大呼救命。走在前面的姐姐们回头一看，简直吓坏了，一头虎面人身、身上有鳞甲、形似四五岁孩子的怪物，正死死抓着巫柳，他张开大口，似要往巫柳脖颈咬去。巫桃、巫棠捡起石块树枝，朝那怪物丢去，啪啪打在它鳞甲上；但鳞甲异常坚硬，石块树枝在撞击中崩裂。巫杨、巫零立刻下水，朝那怪物奔去，两人试图扳开它钳制着巫柳的双臂，水花溅了满面，那怪物使蛮力挣扎，巫杨、巫零简直对它莫可奈何——

"水虎！"

穿破天际的高喊声从水底传来。一声雷鸣般的水响，弱水河神猰貐从睡梦中被惊醒，他高高立出水面，伸着水色龙头，龙身水流哗啦啦、哗啦啦响不停。

巫柳、巫零因这吼声惊住，心里开始发毛，不知道会不会被吃掉？被唤作水虎的怪兽，趁两人发怔，挣脱她们，一溜烟儿跑到了河神的水肩之上。水虎站在汩汩奔涌的水花里，俯瞰着巫零，对她们做鬼脸。

巫杨和巫零将巫柳护在身后，步步后退。河神瞧出这几个姑娘很紧张，便一扫水龙尾，使漫天的水花从天而降，不光是水里的巫零三人，连岸上的巫桃、巫棠也没有一处干爽。河神又发出水吼，震耳欲聋，吓得她们心惊肉跳。

河神哈哈大笑起来，说："又见面了，小姑娘——"

话音刚落，他以迅雷不及掩耳之势，俯身抓起巫零，巫零一下子就被困在了巨大的水龙掌之中。水哗哗啦啦在流，水流不具任何束缚之力，却任凭如何努力，就是无法逃出那水流。巫零感到恐惧，但她努力掩盖起恐惧，故作勇敢地说："你可以吃我！但请放了她们！"

河神咧开水龙嘴，微微一笑，说："好！"

水虎一听，立刻从水龙肩上跳下，跑到巫零身边，绕着巫零上蹿下跳，一会儿嗅嗅她的后颈，一会儿又蹲在她脚边，水虎的鳞甲在水花里闪闪发光。河神甩了甩龙尾，搅出水花肆意抛洒，水柱股股腾起，巫零被推上水柱，她不禁发出尖叫。

其他女孩子无力而担忧地看着这一切。只见巫零随水柱上至高空，又被水柱托着滑到了水底，水柱在空中盘旋，一圈圈、一圈圈，巫零身不由己地乘着水柱，忽而上、忽而下。失重的身体，一时落下，一时腾空，一时旋转，全身浸在水里，水温柔地拍打着她，巫零从惊吓到惊奇，不觉又笑了起来。

河神堆起浪花，每一朵浪花在河神的指挥下，如花朵绽放、星辰碎散，浪花与浪花之间，一丝丝阳光流转、窜动纠缠、四处晃荡。河神将巫柳、巫杨也托至水花尖上，把她们拉进水里，见状，巫桃、巫棠也慢慢下水。河神哈哈大笑起来，开心地使水流千变万化，水儿柔和温暖，清澈的水钻进她们的嘴里鼻间，冲刷着身体，清脆悦耳的欢叫响彻弱水。

原来这就是河神天地无双的水花游戏啊！

河神将她们五人放到河岸上，五个女孩儿意犹未尽，笑闹着拧干衣服、甩干头发上的水。水虎背靠河神，大睁虎眼瞧她们。河神笑眯眯地问："你们这是要去哪儿玩儿啊？"

巫零说："我们要去东海，请海神禺虢（yú guó）参加我们巫咸国的竞渡。"

河神眼里闪过一丝狡黠，说："东海海神啊，我刚见过他，他走了。"

啊——孩子们一听急了，赶忙问："去哪儿啦？"

河神顿了顿，才说："他好像是说去北海。"

众女孩儿面面相觑，这可怎么办呢？

河神见她们为难的样子，清清嗓子，说："不如，我替他去吧！"

巫零问："你要去竞渡？"

河神说："有何不可？河神难道比不上海神？"

巫零说："那倒不是……"

五个女孩子凑在一起讨论良久，最后巫零对河神说："好！那你明天清早能来獭河吗？"

河神开心地说："当然没问题！那我现在送你们回巫咸国吧！"

巫柳说："不行，我们还要去氏人国。"

河神说："好，那就送你们去氏人国。上来吧！"

说完俯身，龙身化作一层浅浪，浮在水面上，几个女孩儿跨脚站到水龙背，河神龙行水面，排浪飞驰，河岸两边浅紫色的紫阳花，往后方不断闪去。刚拧干的衣服和头发又全湿了，但这又有何妨呢？

篇四　夏至

夏至之初候，鹿角解，
二候，蝉始鸣，
三候，半夏生。

太子长琴

到了氐人国，已近正午，太阳是火球，阳光就是那不可见的熊熊火焰。巫零在水边呼喊，无论怎么唤，珠月也不出现，没办法了，几个姑娘只好找了棵桐树，坐树下休息。

咕咕咕——

巫柳翻身躺倒在草地，滚来滚去地大喊："好饿！"

巫桃起身，望望延展无尽的桐树林，说："大家都饿了吧，我去找找有没有李子树，有的话，就摘点果子回来。"

巫棠靠在树干上，懒懒地回应道："你快去快回啊，我们等你。"

巫柳跳起来，拉住巫桃的衣裳，说："我也去。"

巫桃摘了两片硕大的桐叶，一片插进巫柳额发间，一片插于自己的，说："日头太烈，最好还是要遮遮眼。"

两人走向桐树林深处，一路树荫蔽日，阳光倒是没有想象中那么刺眼，巫柳扯掉额上的桐叶，蹦蹦跳跳往前跑去。

轻轻的南风抚过树冠，树叶相撞，有沙沙声在寂静中来回飘荡。巫桃闭上双眼，只听风儿在耳畔，低低诉说着古老的流言。忽然间，她听见溪水潺潺流动，鹿踏大地——嗒嗒、嗒嗒、嗒嗒，群鹿奔驰，鹿蹄与大地相撞，这声音来自遥远的旷野……

琤（chēng）——琤琤——

铮铿的五弦琴声，断断续续入耳。巫桃猛地睁开眼，领巫柳循声追琴而去。距离愈近，杳渺的琴声就愈清晰。

巫桃的心忽起忽落，随那琴声高起低落、悲欢交集。几棵桐树形成的树荫里，一名男子正坐于地，是他在抚五弦焦尾琴。只见他一身赤色长袍，以玉色素簪束发，几头熊、罴静静围趴在地，还有两只凤鸟立一旁，它们一脸安详，静静聆听这清如溅玉、颤若龙吟的琴音。巫桃拉着巫柳，躲在一棵桐树后，远远观望。

巫桃瞧那男子——萧萧肃肃，遥遥似高山之独立，鬓发如刀裁，双眉似墨画，龙章凤姿，爽朗清健，天质自然又倜傥。巫桃心中忽地生出一头小鹿，那小鹿在她心间胡乱蹦跶、猛冲乱撞，让她双手渐渐冰凉，白月似的脸庞，急急生出一股红潮，仿若三月里夭夭的桃花绽放。

琴声戛然而止。巫柳挣脱巫桃，跑到弹琴者跟前，因这闯入者，两只凤鸟腾空而去，熊罴也慢慢踱着步子，走进了森林。巫柳蹲在弹琴者旁边，夸赞道："你弹琴真好听！"

弹琴者双目含笑，说："谢谢夸奖！你长得也真可爱！"

又看了眼正慢慢吞吞走来的巫桃，问巫柳："那是你姐姐吗？"

巫柳点点头，回头对巫桃大喊："巫桃姐姐，快点过来！"

巫桃红着脸靠近，先施礼问候，再赞叹道："这琴音，真能

让川静其波，鸟罢其鸣。请问你是——太子长琴吗？"

弹琴者一笑，笑容如星空皓月，爽朗道："是，我是长琴。"

巫桃说："他们说你的琴声，能振林木，遏行云……"

长琴说："那是他们谬赞了。"

巫桃问："你刚才弹的是什么？"

长琴说："桐林？流水？飞泉？我也不知自己弹的是什么，也许是天地，是日月，是万物吧……倒是你们来这儿做什么？"

巫桃说："明天巫咸国竞渡，我和伙伴们本来想请东海海神，但听说他去北海了，白跑一趟……我们来摘果子，想带回那边给其他人吃，吃完可能就要回巫咸国了。"

说到这，巫柳拉拉长琴的袖子，问："你知道哪儿有樱桃树吗？"

长琴拿起身旁的布包，递给巫桃，说："樱桃树在哪儿我倒是不知道，但我有吃的，来，带回去吧！"

巫桃正犹豫着，巫柳一把抓过布包，抱在胸前，大声说："谢谢长琴哥哥！"

长琴站起身，将琴收起，准备离去。巫桃急急追上去，邀约道："你明天可以来巫咸国看竞渡！"

长琴说："好，想得起来就去！"

巫桃一直看着他远去，直到深山里，远远地传来一声，长长的长啸。

听到这儿，雪加仰头问巫文："那是虫苑家的太子长琴吗？"

巫文摸摸雪加的头，笑说："对啊，虫苑家的长琴。"

巫零接着说："后来啊，直到傍晚珠月才从水里出来，她说让如比鱼送我们回来，结果走到半途，竟然遇到了东海海神。"

巫澄说："河神不是说他去北海了吗？"

巫零无奈地笑起来，说："河神骗了我们啊！"

巫颂说："河神怎么可以骗人呢？"

巫零说："他啊，多半是想来参加竞渡，其实河神一点也不可怕，也不吃人。"

巫景说："他可能太寂寞了。"

巫正说："所以东海海神怎么说？来吗？"

巫杨点点头，说："来！"

巫文瞧瞧西斜的明月，说道："那太好了！河神刚好可以补缺北海海神！现在天也晚了，咱们都回家吧，明天一早在獭河见！"

巫桃心不在焉站一旁，手里捏一张布巾，双眉似蹙非蹙，若有所思。直到巫棠拍她肩膀，她才发现大家早就散了。

端午竞渡

深夜，几滴雨水浸润大地。五月初五清早，森林的歌声唤醒山川，天空里几片稀稀疏疏的阴云，一阵大风刮过，那几片单薄的阴云即刻消失无踪，太阳的第一束阳光穿过繁茂树林的缝隙。

獭河水流清澈，河岸风光明媚。蔚蓝的天映在河面，空中白云与黑云交错，潮涌时，浅青色的水与河底的浊土交融，鱼儿一会儿涌出水面，一会儿没入水中，水波下，有粼粼光耀的鱼肌闪闪。浅水处，似有珍珠色的幽光，暗绿的水草，一绺一绺，与水波缠绵不断，流出如玉般的翠绿。

一些巫咸国人陆陆续续来到獭河边，等待竞渡开始。日头渐次升高，薄薄云气包裹太阳，闷热里，娇艳的花儿渐渐萎下了脑袋，变得皱皱巴巴起来。

一身黏汗，巫澄和雪加一人手里擒了片大荷叶，支在头上遮阳，荷叶散发阵阵清香，让曝晒稍稍得以缓解。阳光刺眼，双目被照得酥酥痒痒，站在河岸的两人，不自觉蹙紧双眉。

　　没多会儿，巫零巫景也来了。巫澄仰头问："海神怎么还不来？"

　　巫景望向天水相接的远处，说："也该到了吧……"

　　众人翘首以盼。只见一捧捧浪涌——白色的高浪、低浪，一层一层的浪花，汹涌奔腾。乘浪而来的是南海海神不廷胡余——两头红色巨蟒，立在浪头上，不廷胡余站于巨蟒头顶，一阵南风将浪头越推越高，使河水泼天，几近两丈。众人仰头看那水，水波在炽烈的阳光下，闪出琥珀光。浪头忽然落下，击入水底，又反冲水面，冲出一股股水流，水流形成了漩涡，泛起层层浪花。近岸处的人群，被飞水溅得全身通湿，但一阵凉意随即而来。

巫澄跳起脚来欢呼，大喊："是南海海神——南海海神！南海海神！"

大家热烈鼓掌。南海神朝众人挥手，见巫景巫澄在岸，便指挥巨蟒靠岸，然后一跃而至他们身旁。巫澄冲过去，抱住南海海神的腰，又蹦又跳，雪加傻笑着，在一旁看热闹。

没多会儿，西海海神弇兹脚踏两头红色巨蟒，东海海神禺虢踩两头黄色巨蟒也纷纷抵达。众人围着海神，闲话家常。弇兹问："还有谁来？"

巫文说："河神猰貐。"

东海海神一听猰貐的名字，大笑几声，对弇兹说道："这个猰貐，听说昨天为了阻止这群孩子来找我，还撒了谎。那么想来，竟然还迟到——"

扑啦——扑啦啦——

一阵阵水花前后相撞，好像鲲鹏翱翔时，翅膀扑腾的声响。巫零朝河里望去，紧贴着水面，一层强大的水流在浮动，水虎蹲坐在水波之上，目光犀利，将岸上众人一一打量。

咕隆——咕隆——咕隆——

水波蓄势，"轰"一声，水中雷声骤起，一条粗粗的水柱冲出水面，水虎随水柱之起，凌水奔行，一刹那已至河岸，跑到巫零肩头坐起。那水柱高近五丈，近天薄云，凌空甩出的水波，一捧捧从天而降，仿佛一场暴雨，炎炎之气随之消弭不少。

浮水散开，水柱顶部显出一张水龙脸，他面带笑意，朝众人问好。而后，又扫眼朝人群望去，一眼就见到雪加，说道："雪加妹妹，又见面了！"

雪加朝他挥挥手，微笑问好。河神特别高兴，旋即俯身入水，在水中打起水漩儿，朝岸上的海神们呼喊道："快来呀！竞渡啊——"

众海神一听，笑呵呵飞身下水，各自站回到自己的坐骑。转眼，水虎已至水中，他依然蹲坐于河神的肩上，双目望向远方。一阵狂乱的南风吹来，因因乎无形于水面，带来助力的强风，迎着这阵顺风，水之神们挥水出发，围观者纷纷热烈欢叫。将神请来的四队人马，也紧随水神之后，沿河岸飞跑。巫文跑在最前，巫正巫景紧随其后，然后是巫零和女孩子们，本来在尾巴上追的巫澄，忽然使出怪力，一下子跑到了最前头。黄尘漫漫，欢呼声、奔跑声沿岸四起。

汗水顺着脸颊流到嘴角，流至脖颈，一滴汗不小心钻进了雪加嘴里，味道咸咸的。雪加跑累了，气喘吁吁，拿手背擦汗，伸出舌头大喘气，好渴啊！但见前方众人还在飞跑，丝毫不见疲累，也没有要停下来的意思，雪加便只好暗自鼓劲，努力迈起沉重的双腿……

正当雪加觉得双腿灌铅之时，一阵哨音从水面传来——

"雪加！雪加！"

回头一看，是珠月姐姐！珠月朝她招手，雪加跑到河边，珠月让她踏上如比鱼，雪加高兴得笑起来，开心地站到如比鱼背上。

珠月用手抚浪，如比鱼随那一股小浪，朝浪潮奔涌的前方出发。

珠月的鱼尾快速摆动，飞快游着，紧紧跟在雪加身旁，没多会儿，她们就快追上水神们了。

天色骤变，一团团黑云开始围堵太阳，太阳似已无路可逃，一瞬间黑云便把太阳遮了个严实。轰隆——轰隆——雷泽神捶雷鼓，惊雷乍天响，仿如山嶂崩落之声壮，一道、两道、三道，闪电如长刀，劈裂黑云。雪加抬头望天，黑蜻蜓成群乱走，孤雁急飞，天际黑云绞缠、翻滚如墨，鱼儿成群跃出水面，如比鱼被鱼群一惊，忽然急动，差点没把雪加晃下来。

正在助势的南风神，望天际奔雷四起，满脸喜色，纵身飞天，在半空中呐喊："你们玩儿着，雷泽神召唤，因因乎助雨去也！"

不廷胡余大笑起来，说："看来雷泽神终于哄好应龙了！"

旁观的巫咸国人高声欢呼，毕竟这雨，大家都等得太久了。一阵强大的南风，风势狂烈，如拔山努。雪加乱发爬满一头，周身黏汗遂干，间或还有丝丝凉意袭来。黑云滚滚，裹挟群山，腾腾黑气里，一滴、两滴，一丝、两丝，一束、两束、三束，雨水铺天盖地，雷震墨色长空，应龙怒吼，顷刻间暴烈之雨滂沱、倾盆、如注，如江河决堤，但见远山，则似水中行舟。

雨色万峰，群山浮动，竞渡依旧。迎狂雨，水神们翻起高浪，珠月不时跃出水面，密集的雨水打在雪加脸上，雪加强撑住双眼，透过密雨缝隙，寻找出一点点视线。

烟云滔滔，水涌银花。河水变作玄黑色，水堆成花儿下沉，水花打漩儿，如比鱼被水漩儿吸住，直往水底走。水涛发出阵阵怒吼，水流渐渐吞噬雪加，如比鱼跟跄游步。雪加重心不稳，左摇右晃，手边也无任何可抓拿之物，害她安全感顿失，手脚发凉，吓得不知所措。珠月奋力往水漩儿里游，眼看着水就快吞没雪加了——

千重浪起，珠月被猛浪冲走，如比鱼也在怒浪中走失。雪加被甩到天际，一条有九颗头的巨龙从河底跃出，发出震天吼，所有人都惊呆了！雪加尖叫，从空中落下，如彗星仓皇坠地，怎么办？！会不会死啊？风好像穿过了心脏，心里凉透了，好可怕的感觉！雪加紧握双拳，眼泪奔涌，泪水和雨交融，怎么办……好想回秀山村——

扑通——

如一石块落水，雪加消失在了水里。正绝望之际，那水龙——河神猰貐潜入河底，水虎首先跃下水龙肩，一把搂住正在下沉的雪加，然后河神又用龙头托起雪加，将雪加托至河面上。雪加大口大口呼吸，空气是如此珍贵，她现在才感受到。

河神对雪加喊道："抓紧了！竞渡还在继续呢！"

说完，龙头上长出两根水龙角，雪加伸手去抓，水流汩汩从指间漫出，但若有似无间，也有一根龙骨握在掌中，水虎则蹲坐于雪加身后，静静守护她。暴雨还在哗啦啦地下，河神飞速前行，水虎一声长啸，那啸声飘飘荡荡，穿越暴雨。

一个上身赤裸，着赤色长裤，梳总角辫的小孩儿站在九头龙身上，指挥他在水里横冲直撞。东海海神喊道："看来相柳也要来凑这竞渡的热闹！"

西海海神插嘴："还不是因为共工，相柳可只听共工的指挥啊。"

九头之龙相柳卷起水浪如白沙，怒声汹汹，黑气腾升，水似要吞没大野，河浪堆堆又如晴雪。鱼儿丧失对水的控制力，在河潮间无力漂流，宛如千艘小舟，涛喧震耳如万鼓齐唱。共工又指挥浮游——如丝的活物，让他们制造逆流，珠月好不容易挣扎着靠岸，找了棵树大根深的桢楠，紧紧抓住楠树枝干，以避免被逆流而凶猛的河涛卷走。

水神们则因巨浪和浮游之逆流，而更加兴奋起来，他们吹起哨音，变换游姿，越挫越勇，乘浪奔行。巫澄巫零担心地望向河里，巫澄说："姐姐，怎么办啊？雪加还在河里。"

巫零紧蹙双眉，不发一语。巫景按按她的肩膀，说："没事的，有河神在。"

巫文笑了笑，宽慰地说："没事儿，河神是不会让雪加出事的。我倒是更担心应龙……"

巫正无奈地摇摇头说："这个共工，到底是有多喜欢……哎，算了。"

随着共工将水搅得越来越浑，雨势竟渐渐小了，不一会儿工夫，雨停了，黑云骤散，太阳亮晃晃露出脸。众人又发出声声叹息——这雨啊，你倒是下啊！

海神们你追我赶，并驾齐驱，河神载着雪加极速前行，雪加俯身迎风，抓紧龙角，水虎一会儿跳到龙尾，一会儿回到龙背，一会儿又与河神肩并肩凌水而行。没多会儿，河神冲开一片片逆流的浮游，追上了脚踏两蛇的海神们，就在快要决出胜负之际，远远见共工乘着相柳，横亘在獭河之中，他想捣乱，截断竞渡之路，海神们相视一笑，飞身凌空，纷纷越过了相柳……

巨蟒飞身，如腾云驾雾；河神亦是奋力一震，猛地从水中腾起，共工也立刻骑着相柳升空，相柳之九头在空中狂乱怒吼——

琤琤——琤琤——琤琤——

一阵山峦如聚，如水涛撞击的琴声，从万壑松谷中传来。巫桃一惊，回头去寻，却哪见何人？只那琴声盖过万潮奔涌，从天地深处，穿透群山与青川，如利剑出鞘而至。巫桃不顾一切地朝幽谷里奔，循声而去。

一听这琴声，飞到半空的相柳，忽然重重摔落至水里，而共工脸上恶作剧的狡黠也消失了，取而代之的，竟然是一丝丝胆怯。他带着相柳落荒而逃，水中浮游也即刻消失得不见了踪迹。

不廷胡余说："真没劲！"

禺虢说："竟然跑了——"

弇兹笑说："那现在就决胜负吧！"

河神对胜利胸有成竹，对雪加说："抓紧咯！"

众神加速朝终点飞游，巫咸国的观看者们引项而望——

良久，雪加被一水柱高高抛起，身在半空的雪加，只觉天旋地转，但又兴奋地发出尖叫。就在快要落地时，抢先一步上岸的水虎，稳稳接住了她，将她放到岸上，便转身走了。只听它的长啸，从很远处一直传来。雪加蹦蹦跳跳跑向巫零巫澄，巫零先将她仔细查看了一番，问："没事儿吧？"

雪加点点头，兴奋地说："好好玩儿！"

巫澄赶忙问："谁赢了？"

雪加一脸茫然，歪着头想了半天，才说："我也不知道！"

但她突然想起一件更重要的事，瞬间哭丧起脸，撇着小嘴，对巫零说："姐姐，西海海神骗我，她说要给我带冰的……我想让你、澄澄，还有爸爸妈妈、巫景哥哥、巫桐妹妹……还有巫文哥哥……巫正哥哥……还有还有……大家都吃上冰……呜哇哇……"

边说眼泪边啪啪掉下，她冲到巫零怀里，抱着她的腰大哭。巫零摸摸她的头，也不知说什么好。众人莞尔，渐渐四散而去，不大会儿，就只剩巫零、巫澄还有巫景在了。正哭着，一个竹筐从天而降，落在他们四人脚畔，巫景一看，惊喜地大叫："是冰！"

听到"冰"字，雪加从巫零怀里拔出头来，转身一看，真是冰！立刻破涕为笑，和巫澄蹲在竹筐旁，瞧着白晃晃的冰，两眼放出光芒。西海海神的声音从空中传来："我可没骗你！哈哈哈……"

"谢谢！谢谢！"

雪加仰头呐喊。巫澄也喊起来："谢谢！谢谢！"

巫零也喜笑颜开，这就是传说中的冰啊！巫零说："我们抬回去，给大家都分点吧！"

"好！"

雪加和巫澄欢天喜地相拥着转圈圈。

斗草

　　阳光炽烈，森林中却如此阴郁。唯树木之巅可得阳光之青睐，核桃树、桐树、桢楠、香樟、银杏、桂花、紫檀、黄花梨、沉香、柚树还有杉树，展开层层树叶，贪婪争取那光。林间地上，深绿长柄枝叶的半夏，结出卵形浆果，想方设法地截取树干与树干之间、遗落下的、稀稀疏疏的光线。

　　一头卧草玄鹿，睁开睡眼，站起来，抖抖鹿身，踱着步子朝一洼清泉走去。只见泉中倒影，是一头美雄鹿。玄鹿俯下身，预备饮泉，鹿角忽然啪啪落入泉中，粉粉嫩嫩的鹿茸映到泉面。玄鹿顿了顿，瞧了那落角几眼，又端详了会儿水面上鹿茸的倒影，便依然低头饮水。饮完，玄鹿悠悠抬头，以鹿眼望向天边火红的日头，又以鹿蹄踏踏大地。

　　银杏枝头，雄知了快速振翅，阵阵蝉鸣骤起。巫澄跑得汗流浃背，站在银杏树下，仰头望向贴在银杏树干上的鸣蝉，只听那蝉"知了——知了——"地叫着，像是在引诱巫澄去捉它。

巫澄吐了口口水在掌心，搓搓手，然后双手抱住树干，一点一点朝银杏树冠爬去，巫柳抬头瞧桢楠枝头的鸣蝉，也开始朝树之顶端行进。雪加好不容易追上它们，汗水像一盆水从头淋下，她仰头看已经快抓到鸣蝉的巫澄和正在攀爬的巫柳。

巫零巫景走在林中，脚踏落叶。巫景手里拎一个草编网兜，里面装着几颗粽子，是用菰叶裹黍米，裹成牛角的样子，再以清水煮，煮至烂熟，然后就成了角黍，巫景带着，当今日的干粮。

巫零朝前小跑几步，蹲在几株紫绿色的当归旁，椭圆形隆起的翅果，一簇簇结在枝条上，她俯身嗅嗅那味道，浓郁的气味儿扑鼻而至。

巫零仰头看巫景，笑靥如花，说："我说独活——"

"独活怎么可以，我对丛生！"

不远处一丛丛玉兰白光耀眼。巫景站在玉兰花前，静静瞧那花，影影绰绰地，似有仙子在笑。巫景只是看着，忽而一朵玉兰晃晃悠悠飘到地面，花瓣四展，如莲花盛开。巫景拾起那朵花，插到巫零耳畔，端详着看了会儿，说："好看！"

巫零脸红心跳地转开脸，赶紧起身，朝前又走，巫景紧随其后。岩缝间一条枝，绿叶郁郁，枝头挂了几朵蓝花，几朵紫花，花冠的形状，像一口立钟着地，随着一阵清风，悠悠而动，恍惚间，似有渺渺铃儿声响。巫景说："铃儿草！"

巫零回头，看了看地上的沙参，然后左望右看，找来找去，找到一簇簇蔓草——茎细长，各自缠络在一条断枝上，而蔓草的叶片好似一个长戟（jǐ），叶与叶交叠互生，是淡红色的合瓣花，同漏斗别无二致。巫零指着说："就它了，我出鼓子花！"

巫景笑说："不错嘛，旋花对沙参。"

两人走着走着，踏上一缓坡，一枝枝花叶长柄的半夏，摇摇晃晃垂在坡上，佛焰苞绿色的圆柱茎秆里，裹着葱黄柳绿的浆果。又见一丛长春花灌木，茎秆灰绿，叶片先端尖圆，形状如倒竖的鸡卵，枝条顶端有粉红花两三朵，花瓣散开，似一把倒扣的伞。

走过缓坡，巫景开口说："长春！"

巫零说："对半夏！"

说完两人相视而笑，继续前行。柏林溪流，水声低低，低洼湿润处，续断长得很高，直立着，白色柔毛、粗糙刺毛，附着在茎秆之上，椭圆叶片成对而生，开出一朵朵球花。山沟疏林灌丛，

阳光遗落的角落，早春开花的连翘，已经结出小小的果实，那粒粒饱满的圆球，让人不禁想起曾满枝金黄的连翘花，还有它清雅怡人的幽香。

向阳处，有似鹤顶、如凤翼，花大重瓣，赤红、洒金、月白、碧绿，宛若蝴蝶翩然的凤仙花，针形的叶片交互生长。巫景捡起几朵凤仙，合着各色花朵和翠绿枝叶，用手捏碎，让巫零坐到平坦山石上，自己则蹲在她脚边。他执起巫零搁在膝头的手，将碎花碎叶的汁液，轻轻涂在那指甲上，然后又捡了几片脚边的凤仙花落叶，将巫零的指甲包裹起来。待晾干之后，他牵起巫零的双手，笑说："看！多可爱的指甲花！"

小小的紫花，沿茎秆串成一串，紫色花柱接在麦黄茎秆上，一穗一穗浅绿包围茎秆，冲天而长。岩石上一株一株的连岩姜，层层分枝排展，星形叶片蔓挂枝间。

巫零指着那连岩姜，说："我要是出这猴姜，你对什么？"

"对——"

巫景四处望去，极目远眺，老远处根粗茎短、叶基成丛的麦门冬，长在松软的土地上，一丛丛麦门冬叶，如长针又如韭，银边麦门冬、金边麦门冬、黑麦冬，各色麦冬堆堆而积，煞是惹眼。

巫景说："对麦冬！"

巫零说："我出的可是猴姜，猴乃动物，姜乃食材，你这麦冬对得可是一点也不工整。"

巫景一笑："谁说不工整，你不知道麦冬如韭，所以又被叫作马韭，马对猴，韭对姜，哪里不工整？"

巫零无奈说："好吧，算你工整。"

叶柄粗短，叶片肥厚，宛如马齿，浅绿深绿错杂的马齿苋，一捧捧伏地铺散。如针眼大小的黄色齿苋花，钉在交叠的绿叶间。

巫景说："我出五行草。"

巫零说："既然如此，我出柳穿鱼，鱼花开于夏至，敛于冬至，又名二至草。"

巫零指着路边繁叶密密的鱼花，它枝条柔韧，细如柳丝，嫩黄、粉红的花挂枝头，宛如一只只腾飞的鲤鱼穿跃长长柳条。

巫零说："我老早就想问，为什么马齿苋又叫五行草？"

巫景温柔地翻起一株马齿苋，让巫零来看，说："你先看这根，再瞧这梗，还有这籽……"

巫零凑近细看了。巫景说："看看都是什么颜色？"

巫零说："这浅根是白色，籽是黑色，梗呈赤色……啊——叶是青色，花是黄色！我懂了！五色齐齐具备，怪不得叫五行草！"

巫零忽然瞧见地上一整片一整片的三叶苜蓿，苜蓿花小叶小，花冠或黄或紫，或栗色或堇（jǐn）青。巫零胜券在握，笑着出对，说："苜蓿，你对吧！"

巫景紧蹙双眉思考，"苜蓿"几乎是绝对，对什么好呢？他来回踱步，摸着下巴沉吟良久。忽然他灵光一闪，阴云骤散，说："我对迎辇（niǎn）花！"

巫零娇嗔："迎辇花对苜蓿？！一点都不对！"

巫景开始耍赖，说："哪里不对了，你看这苜蓿，枝枝相连，是不是又叫连枝草。迎辇花并蒂而生，所以迎辇花又名并蒂花。我用并蒂对你的连枝，哪里不对？"

巫零说："但我没说连枝草啊，我说的是苜蓿——"

巫景一脸坏笑，说道："苜蓿什么的，我可不管，最重要的是我俩要并蒂连枝！"

巫零拿手乱捶巫景，恼羞成怒地说："叫你再乱说，不理你了！"

说完转身就要走，巫景赶紧跟上去赔不是。等两人回到那棵银杏树下，一群孩子正斗草斗得热火朝天。巫澄巫治各手持一条虎尾草，交叉成十字，结扣于中央，各自使劲儿往自己的方向拉。

只见他俩龇牙咧嘴，额头冒汗，虎尾草韧劲极强，双方拉扯，茎条越拉越紧。所有人屏住呼吸，紧张地看着绷弦之草——

啪——

虎尾草崩断！巫澄巫治因这冲力，同时后坐于地。巫颂问："谁赢了？"

巫澄大喊："当然是我！"

巫治不服，也喊道："是我！"

巫澄站起身，反驳："不对，是我！"

巫治也起身，毫不退让地争辩："是我！"

"是我！是我！是我！"

巫澄急了，巫治也不甘示弱回击。终于，巫澄朝巫治扑了上去，两人扭打在一起，滚到地上，相互抓扯，一身的汗水裹了一身的土。巫颂在一旁拍手看热闹，巫柳觉得无聊，又跑去爬树捉蝉。只剩雪加一人干着急，想上去拉开两人，又无从下手。

走出树林的巫零巫景，见到这一幕，立刻走过来。巫零一把拎起巫澄的领子，将两人分开。待两人不再动手之后，巫零便对巫澄说："跟我回家！"

巫澄说："是我的虎尾草赢了！"

巫治说："撒谎！"

巫零瞪了巫治一眼，吓得巫治不敢再出声，巫澄见有人撑腰，立刻气焰上涨。正得意，巫零一掌拍在他后脑勺，然后拎他后领子，说："回家！"

巫澄不服气，即使被钳制着，也一直大呼小叫，吵得巫零头疼，好不容易才把他带回家。远远地，就瞧见自家院门上，倒悬着一束苍翠欲滴的艾草和菖蒲，一走进院门，艾与蒲的香味便扑鼻而来。雪加忽然想起，以前在秀山村，每年端午，奶奶都要用菖蒲水给她洗澡，说那可以赶跑怪物和害虫。

一进院门，就见中央摆一奇特物件，雪加赶紧凑上去，看那用菖蒲、艾叶、榴花、蒜头、龙船花制成的物件，但是到底是什么呢？

巫爸爸从堂屋出来，一见巫零便问："巫景呢？怎么没一起来？"

巫零没好气地说："他来做什么？我们各回各家。"

听她那语气，巫爸爸就不再多问。兴致勃勃地去找雪加，等雪加提问。雪加歪着小脑袋，左看右看，这是什么呢？围那物件仔细打量了好几圈儿，雪加才慢慢吞吞地开口说："这是一只小狗吗？"

巫澄一听这话，立刻爆笑起来，对巫爸爸说："爸爸，你做的艾虎又失败了！"

巫爸爸简直不敢相信自己的耳朵，怎么可能呢？！这可是他花了几乎一天做成的艾虎啊！巫爸爸问："雪加不觉得这像一头虎？"

"虎？"雪加又仔细看了一遍，说："好像特别瘦，又特别矮……"

巫爸爸凑近自己的"虎"，真是想不通，这哪不像虎了？他又说："雪加，你再仔细看看，这难道不像一头威风凛凛的老虎？"

巫澄拉起雪加的手，说："我带你去巫礼老师家看真正的艾虎！"

正说要走，巫妈妈叫住两人，在他们手臂上各绑了一头以布帛剪成的小老虎。接着，又拿水兑过的雄黄酒，在两人脸上轻轻涂了一圈。淡淡的酒香混着雄黄，雪加骤觉脸上有些微凉、微辣。

雪加说："巫礼老师的艾虎做得真好！"

巫澄说："那当然，巫礼老师可厉害了。"

雪加说："还有还有，那个艾人，和巫礼老师好像。"

巫澄说："哈哈，就是！"

两人看完艾虎，月亮都已爬到了夜空。天气热得不得了，即使到了夜晚，蝉鸣还不休，依旧此起彼伏，偶尔还吹来丝丝热风。走在回家路上，雪加巫澄一直都汗涔涔的，雪加拿手掌当扇，不断扇着。

一踏进家门，巫澄就喊："妈，我要冲凉，好热！"

巫妈妈让巫澄和雪加站一个木桶旁，桶内装满放凉的菖蒲水，她用木瓢舀凉水，将两个孩子从头浇到脚。菖蒲水落到月光里，溅起的水滴如银。巫爸爸将冰在井里的寒瓜取来切了，招呼孩子们在院子里纳凉吃瓜。巫澄满口甜滋滋的瓜瓤，说："爸爸，我们今晚在院子里睡！"

巫妈妈看了看天，说："看样子倒是不会下雨……"

巫爸爸吃完寒瓜，从屋里拖出一床竹席，放在院子中央，又抱出几盆驱蚊草和几段樟木放边上。巫妈妈打来热水，用棉巾擦了一遍席子。雪加又想起以前，奶奶也总这样，奶奶说，用热水擦过的竹席，睡起来才凉爽……

巫澄手持寒瓜，一脚跳到竹席上坐下。夜渐深，巫零望着漫天繁星发呆，月光如水泻地，巫妈巫爸低声交谈，巫妈手摇今天新制的团扇，给孩子们驱蚊。雪加两眼发涩，只见永恒璀璨的星空，在她眼前渐趋模糊，而一旁的巫澄，早已沉沉睡去了。

篇五　小暑

小暑之初候，温风至，
二候，蟋蟀居壁，
三候，鹰始击。

驾日

热气如浪，弥散空中。帝江爷爷似在烹煮大地，而祝融叔叔就帮他造火。腾腾热气，地煮天蒸，入夏之后，雨少风勤，河水减了一半，荷塘几近干涸。温风吹人面，人洒一地汗，树间的知了，在暑气冲击下，鸣叫几近疯狂。

女丑早起，洒扫庭除。

她手持笤帚清扫地面，将藏在壁内的蟋蟀成群逼出，女丑停下挥舞的扫帚，等他们都走了再继续。扫完地，她又拿布巾，将所有桌凳擦了个遍。最后往地面浇了些水，不过那水一触地，即刻变成白烟，在空中漫散。

打扫完毕，女丑挑起木扁担，扁担两端各挂着两个木桶，她从山腰往榣（yáo）山山麓的甘水深潭走去。甘水深潭隐藏在竹林深处，一丛丛毛竹、淡竹，还有哺鸡竹和早竹，形成遮天蔽日的天然绿嶂。

女丑走在惯常走的小径上，很快便到了甘水深潭。碧黑的水不见底，水气如游丝，浮于潭面，水草从潭底冒出，枝枝叶叶里，偶见几尾游动的鱼。女丑从深潭打了两桶水，挑至榣山顶的一个山洞，洞内有一盛水汤池，女丑正是打水到此。山洞口立着一壁五彩顽石，石夷仙人说，这顽石是女娲娘娘炼成的，当年她老人家在大荒山、无稽崖，以万物之善，炼成了三万六千五百零一块石头，每一块高十二丈、方二十四丈，而这一壁正是那最后一块，是弃在青埂峰脚下的无用之石。此顽石浸寒，一般人不敢推，也推不动，只有石夷仙人和女丑才行。女丑将水倒进汤池，然后又回山脚再挑，如此反复数次，从晨光熹微到烈日高照，从春夏到秋冬，从天地混沌之初，直至杳渺不可见之时间的稍远处。

女丑汗流浃背，脸晒得通红，她用袖口擦擦汗，再挽起衣袖，坐在一块岩石上，将扁担立在木桶旁。透过竹林缝隙，她抬头望太阳，阳光热烈而刺目，一只只幼小的苍鹰拍打羽翅，从林空飞坠，在肃杀之气来临之前，幼鹰正努力习飞搏击。女丑仿佛看见太阳站在金乌上，金乌扑腾双翼，稳稳护送太阳晨起夜落，金乌和太阳都闪着耀眼的光。看着看着，女丑不觉笑了。

她站起身，继续挑水，直到山洞汤池装满。回到山腰住处，女丑坐在宽宽的石门槛上休息，一阵琤琮有力的琴声，从不远处传来。凤凰和鸾鸟结伴从女丑面前飞过，珍禽异兽成群飞驰，往琴声来处而去。女丑头靠门柱，闭起眼睛，这琴声扬起的风，似乎将暑气吹散了一点点。

正听着，“哐当”一声，采药锄倒地。女丑睁开眼，只见一女子坐在地上，看来是被采药锄绊倒了。女丑瞧了瞧那穿粉纱衣的女孩子，出声道：“嘿！你好啊！”

那偷偷摸摸的女孩，被这声音一惊，回头看女丑，结结巴巴地说：“你……好……”

女丑说：“我叫女丑，是石夷仙人的侍女，这是石夷仙人的住处，你是谁？”

粉衣女孩说：“我叫……巫桃，从巫咸国来……”

女丑见巫桃一身脏兮兮，满头冒汗，几处散发黏在脸颊，便说：“你过来休息会儿吧！”

见女丑没问自己来做什么，巫桃大舒一口气，说起话来也自然了许多。她起身拍拍身上的土，朝女丑走去。女丑请她进屋，端了碗井水让她喝，水里躺几丝撕碎的荷叶。巫桃悄悄打量周遭，这屋子有门洞窗洞，却没有门挡窗挡，堂屋里只有一张桌子，几条长凳和一张供桌，门柱顶上悬着一束金色羽毛。

女丑问："你这是去哪儿啊？"

巫桃心里咯噔一下，面上红潮奔涌，胡乱指着一个方向说："呃……去……去……那边！"

女丑抬眼瞧了她一眼，不再多问，只说："我正要做饭，要不你留下来吃餐饭再赶路吧。"

巫桃摸摸饿扁的肚子，便说："也好！"

女丑将巫桃领到厨房，从挂在横梁上的竹篮里，取出几根清早摘的苦瓜，又从灶台上抓过一把赤色小辣椒和一些长条青椒，在水瓢里涮了，放案板上。她先快刀剁碎辣椒，一股辣椒味儿从切碎的细末中钻出，辣椒汁液溅到女丑手指上，不一会儿手指就开始发烫。接着，她再剖开苦瓜，掏干净黄白色的瓜瓤，切段又切薄片。

巫桃把米淘干净，站在一旁等女丑指挥。女丑端着切好的苦瓜，站到锅台前。巫桃见那锅台和别处不太一样，没有添柴的灶眼，只是土台中央凹成圆形放了两口锅。女丑搬开锅底的赤色石板，火焰般的热气立刻蹿出，她让巫桃用其中一个做米饭，自己用另一个炒菜。巫桃好奇那火的来源，但又不好意思问。

水开了，咕咕冒泡，巫桃手持长长的木勺，搅匀粘在锅底的米，然后取密编簸箕和细麻屉布，沥出米汤。拿丝瓜布把锅洗干净，往锅里加水，将沥出来的白米放在垫了细布的木制饭桶里，再把饭桶放锅里蒸。没多会儿，淡淡饭香溢出，粒粒饱满的米出锅了。

女丑以丝瓜布擦锅内外，待锅中水渍蒸发后，倒入麻油，等油热冒烟，即刻将苦瓜红椒青椒倒入，菜蔬上的水分和麻油交融，吱吱声乍起，一股子呛辣味混合苦瓜幽幽的苦香，钻进巫桃的鼻子。女丑翻炒，苦瓜红青椒随锅铲翻舞，待苦瓜的青绿变作黄绿，女丑才往锅内撒些盐花儿起锅了。

两人手持饭碗，夹了些苦瓜到碗内，坐在门槛上，边看远山边吃饭。女丑问："你是来看太子长琴的吧？"

巫桃一惊，咬住筷子，脸色发红，尴尬地点点头。女丑笑了，又说："真好啊，太子长琴可是个大好人。"

唉……巫桃望望天，只一声叹息。

两人吃完饭，洗干净碗，收拾好厨房。女丑背上背篓，操起一把竹耙。巫桃问她去哪儿，女丑说："去山顶，打扫金乌的巢。"

巫桃："那我就告辞了。"

女丑说："好！那么，就再见吧！"

巫桃想着绕道去长琴家，偷看一眼再回巫咸国。女丑以青草装满背篓，背着满满一背篓的草上山，爬到山顶时，早已累得气喘吁吁。她杵着耙子休息了会儿，挽挽散乱的长发，才推开巨石走进山洞。

一进洞，灼人的热气扑面而来，整个山洞好似巨大的蒸屉，任何人一进来就会立刻想逃走。汗水如大雨淋下，女丑衣服瞬间湿透。不过女丑早已习惯这种炽烈之热，她径直往洞内走。渐渐地，鸟儿洪亮的鸣叫四起，十只金乌闻到熟悉的味道，欢叫起来。一听这鸟鸣，女丑脸上溢出幸福的笑，每天最开心就是此刻。

金乌的巢沿岩壁而上，一共十个，岩壁上有石夷仙人制作的简易爬梯，供女丑使用。女丑由下而上，一个一个查看金乌的巢，帮他们打扫干净，置换青草，又摸摸他们的羽毛，说："真乖！"

第六个巢是空的，因为最近当班的是第六个太阳。当女丑爬到最高处，第一个巢的金乌忽然惊叫起来。他扑扑腾腾冲出鸟巢，在地上打几个滚儿，又冲到岩洞顶端，发出阵阵凄厉鸣叫。山洞深处，一棵硕大扶桑树，枝叶繁盛，郁郁葱葱，扶桑根部挂着九个太阳。此刻，挂着的小太阳也随金乌躁动起来，晃晃地似要奔出。

其他几只金乌也凑起了热闹，随小金乌开始扑腾翅膀，太阳们都在金乌的带动下，不安分起来。这可吓坏了女丑，她赶紧拿起挂在脖子上的骨哨，吹起五音之曲。小金乌听到平素的安眠曲，稍稍安静下来，飘在空中不再挣扎，开始缓缓往地上落，其他金乌也就不再起哄了。

金乌爬到地面，呜呜咽咽，好似哪儿不舒服。女丑迅速滑下爬梯，温柔地抚摸他，轻声说："怎么了？别闹脾气啊，小太阳也在担心你，想来看你，你要听话，要乖……"

边说边轻声唱起安眠曲：

云叠叠，雨纷纷，清风慢慢吹。

羽如雪，青山怯，金乌双翼垂。

雷起时，浪翻回，赤乌南山随。

甘水净，草青青，守护永不悔……

一遍又一遍，小金乌终于回巢安睡。

从山洞出来，澄碧的西边天上，一团团晚霞洒满天际，见状，女丑飞快下山去。刚进家门，石夷仙人便乘坐着狂梦鸟从天而降，女丑放下背篓和竹耙，接过金冠彩羽的狂梦鸟缰绳，把它拉进鸟圈，打水洗去它的疲惫。

石夷仙人最近身体不太好，每天强撑着出去，这几天既听不到他爽朗的笑声，也没有热闹的玩笑。只见他满脸疲惫，拖着双腿走进堂屋，重重坐在石凳上。女丑将荷叶水端给他，石夷仙人一饮而尽。

他对女丑招招手，说："来，扶我进屋。"

躺下后，石夷仙人用有气无力的声音嘱咐女丑："今晚就不要叫我吃饭了……"

女丑诺诺应声，轻手轻脚出去了。

翌日，女丑首先醒来，见月亮已行至西边天空的边陲，眼看着就要落入月河了，但太阳却还没有要升起的迹象。女丑穿起衣裳，冲到石夷仙人门口，抑制住着急的心情，轻轻走了进去。只见石夷仙人挣扎着坐在床边，艰难地扶墙，似要站起，没走几步，就踉踉跄跄地摔倒了。女丑赶忙扶起他，担忧地说："仙人，你还好吧？不如今天我去驾日吧？"

石夷仙人沉思了会儿，说："但你从来没真正驾过金乌和太

阳……”

女丑赶忙说道：“我练习过很多次！”

病来如山倒的石夷仙人，有气无力地说：“那你赶紧去吧，来不及了……”

女丑飞也似的，跑去将狂梦鸟拉出鸟圈，骑到它背上。女丑一扯缰绳，狂梦鸟即如利箭般飞至山巅。女丑跳下鸟背，推开石壁，走到第六个金乌巢前，女丑边朝洞口后退，边以骨哨声引导金乌出巢，六金乌慢慢爬出巢来，跟女丑朝洞口而去，洞内的六太阳也慢慢滚出汤池，随金乌而动……

六金乌走出洞门，女丑正要关门，一个头忽然伸了出来，低头一看，却是那从昨晚开始就不安分的小金乌，他扑扑腾腾也想跟着出来——

女丑吓了一跳，按住正要关闭的山门，说："小金乌，你做什么？快点回去！差点夹住你，快点——"

小金乌钻头探脑地，要从石缝间挤出，女丑边往里赶他，边慢慢推石门。忽然狂梦鸟嘎嘎声骤起，女丑回头一看，六金乌自顾自起跑，六太阳早已跳到了它背上，一下子载着太阳的金乌迫不及待，快活地冲到了天上。

哎呀——真是的！

女丑急了，怕顽石门伤到小金乌，只胡乱地轻推一下，关了门，赶紧跳上狂梦鸟之背，飞天去追六太阳。狂梦鸟飞到金乌之前，引导他向既定的方位飞去，日升日落的路，是永恒不变的轮回。

小金乌攒头攒脑，靠近没有关严实的石门，用头推推抵抵，竟然轻易地就推出一条门缝！其他金乌也按捺不住了，纷纷倾巢而出，飞到洞口攒脑。

众金乌齐心协力，没有关紧的浸寒石门，一下子就被完全推开，众太阳也随金乌倾洞滑出，全都站到金乌背上。金乌展翅高飞，许久没出洞的七太阳、八太阳以及其他太阳们，迎着自由之风的爽乐，欢叫着、快活地朝天空、大地、山川、碧海飞跑而去！

十日并出

炽烈的五太阳，沿六太阳的轨迹攀爬，从东至西。已随晨光而醒的万物，因再一次阳气奔临而陷入困惑。鸟儿不知是否应该再次于清早鸣叫，树木不知是否需要再一次舒展枝条摆荡，蝉嘶整天、鸣喘雷干……

天空变作赤金色，一丝云也不见，南风神也不能撼动太阳的威严，吹不起一丝光澜，碧色长空仿佛永不可复见。五太阳不再追随六太阳，而是纵身跃入山谷，吹起自由的口哨，沿青山滚滚而下，光焰灼烤山间万物，槐江山静秀的崖谷，一不小心迎来五太阳放肆翻腾。五太阳热爱流水，可惜从出生到现在，却从未亲近过水。他首先亲昵地在泑（āo）水面上滚一滚，一摊摊光焰落下，河水霎时干涸，鱼儿翻起白肚，无助而绝望地张开鱼嘴，在烫身的光焰里，渐渐化作歌唱泑水的一缕幽魂。

排排叠叠的青青榣树、若树，因五太阳热烈的亲吻，从树冠燃起，直至树干干萎；沙棠树上的黄色小花，变成干燥的褐色，沙沙落下；长四只犄角的土蝼、像蜜蜂又似鸳鸯的鸟儿钦原，惊恐慌张地往深山窜逃。五太阳哪里知道它们是在逃命，只当是在和自己玩耍，所以愈发铆起劲儿，呼呼欢叫，拖着长长的光焰尾巴，追逐四散的禽、兽。

涿（zhuō）光山间，一群羚羊飞岩走石，头羊目光敏锐，四肢强健，它以非凡的勇气，带领群羊穿越过湍急洪流、结冰雪坡，经受过自然狂暴的洗礼，它们一代一代，勇敢地生活在险峻的高山之上。小太阳热爱羚羊，每当他挂在长空、俯瞰大地之时，总会被羚羊生存的活力、优美的丰姿吸引。他曾见过羚羊面对断崖绝壁时，无所畏惧的勇气；他曾见过头羊为保护羊群，与野狼厮杀对战的牺牲精神；他还见过母羊将小羊藏在绝壁岩洞中，尽力守护的柔情……小太阳咿咿呀呀，坐在小金乌身上，万丈光芒地冲进羊群，他想和群羊一起，在大地之母的怀中，自由而畅快地奔跑。哪怕这热情，给群羊带来的，是一阵又一阵声嘶力竭的惨叫……

大太阳滚过贲闻山，又经王屋山、教山，最后停在景山。他落入景山的盐池，盐池瞬间水干，周围野草亦是烧焦，山药融化，花椒树熊熊燃烧，一瞬间变成了干枯的树桩。大太阳喜欢石头，因为他见过萤石，萤石因太阳之光千变万化，萤石是太阳美丽的证明，那么所有石头都是吧！太阳想看看其他石头，他找到一块暗棕色的石头，吞入火喉，粉尘在喉咙里弥漫，大太阳打个喷嚏，喷出的火焰烧掉了一座青山。大太阳兴致勃勃地继续郊游，他捡起一块莹莹玉石，又拾起一捧晃晃如金的黄铜，放入火喉，美滋滋感受石头集天地之精的美。

七太阳喜欢沙漠，他记忆中有龙卷黄沙的壮丽，有茫茫大漠一缕孤烟的悲凉，还有晚照下闪闪发光的金沙……七太阳来到平逢山，一座没有草木，没有水，只有漫山遍野的黄沙和坚石的山。住在这里的双头蛰虫神骄虫，被突如其来的炎火吓坏了，他眼睁睁看着自己的子民——蜜蜂、黄蜂、细腰蜂，在火中化为灰烬、化作粉末，滚滚泪水涌出他的四目，忍着烈火灼痛，骄虫朝羲和娘娘的神殿狂逃！

九太阳是五色海子的狂热分子，他见过水色在阳光下变幻无端的美，还有珊瑚在盈盈水间闪出的红光。他纵身而下，将顺流的蒲虹瀑布当滑梯，瀑布随他而下，渐渐化作水汽飘至天空。九太阳又卷起金矿、白珉石和玉石，将之扔到海子，想看水石之五色幻光，却没承想海子因他的到来而瞬间干涸。海子周围，森林中的群兽：犀牛、大象、熊罴、猿猴等，成群结队，在火星四溅的大地狂奔，逃命而去。

二太阳、八太阳、三太阳还有四太阳，纷纷亦如脱缰的野马，他们心中满溢幸福的狂风，挣脱了时间规律的束缚，任凭自己的性子大声嚎叫，以本性在天地里电卷风驰。刹那之间，山间焦金流石，人世大旱云霓，田土火气腾腾，河川热浪翻滚，林中赤地千里——万世不曾见过的惨象，对应着的，却是太阳快乐而热烈的自我解放。

女丑被世间之景惊呆了，她知自己犯了滔天之罪，即刻调转狂梦鸟的缰绳，朝小太阳奔去，她想将太阳们一个个重新带回榣山上。

追上小太阳，她使狂梦鸟与小金乌并驾，太阳之火近在身旁，女丑只觉身如烹煮在火窑，挥汗成雨。她满身是汗，掏出了骨哨，吹起金乌行驶曲，以哨音引导小太阳，想让小太阳跟着狂梦鸟。但还未尽兴的小太阳怎会听话？小金乌反而加快速度，将狂梦鸟和女丑甩在身后，朝远处飞去了。

狂梦鸟好不容易又追上小金乌，女丑这次打算骑到小金乌身上，所以当狂梦鸟与小金乌并驾时，她抓住时机，慢慢站起，一个纵身跳跃，站到了小金乌背上——

小金乌挣扎地左右晃动翅膀，想将女丑丢下，一时情急，女丑伸手去抓小太阳，灼烧肌肤的痛立刻蔓延全身！女丑的衣裳燃起烈火，火焰之烈，如万颗尖针同时插入肌理。女丑瑟缩着想躲避炎火之攻击，却无处可逃，因为那火就裹在身上！

何其绝望而无助的死亡。

女丑变作一颗火球，从小金乌身上滚落，簌簌从天而落，似一团火陨坠地。无人指挥的狂梦鸟，疾速飞回榣山。没人引导的六太阳，早已散漫起来，离开轨道，朝自己热爱的地方滚去了。

一半明一半暗。

天地变成了一半浓烟一半火焰的人间炼狱。

骄虫满脸焦黑，一瘸一拐踏上羲和娘娘神殿的石阶，好不容易爬完石阶，只见神殿门前各处，早已聚集着各个部落之人，有君子国、黑齿国、羽民国、贯匈国、载民国等，所有人的脸色都不好，身上全是一股被火烤过的焦味儿。羲和娘娘的侍女羲岸扶起倒地的骄虫，将他带到神殿内。

石夷仙人面色苍白，紧蹙双眉，银发似乎更白了，他一脸痛苦地坐在石凳上。丈夫国的夸父、后羿，还有夸治也在殿内。女儿国的女娃，巫咸国的六位老师，以及巫文、巫正、巫零、巫景、雪加和巫澄，巫爸、巫妈等巫咸国一干人等都静静立在殿中。

骄虫冲到石夷仙人跟前，抱住他的脚，痛哭流涕地说："仙人哪！怎么办？太阳到底怎么了？为什么？！我的孩子们都死了！都死了——全化成灰了……羲和娘娘——羲和娘娘——怎么办啊？！"

想着世间各处的焦土与横尸，石夷仙人老泪纵横，一句话也说不出来，只是紧紧握住骄虫的手，殿内各处不断传来低低啜泣之声。雪加双眼通红，头发被烧焦了不少，衣服也破破烂烂，想起一路奔来所见之景象，她吓坏了。巫澄无法忘记珠月姐姐漂亮的鱼鳞被烧得千疮百孔的模样，还有一摊摊如比鱼干燥的尸体，就那样无助地摆在河中央……

一阵轻柔的脚步声，从殿内深处传来，透过立在四足鼎中央的小炭龙，两个身影若隐似现。羲岸跟在羲和娘娘身后，出现在众人面前。羲和娘娘面无表情，她走到人群中央，骄虫以泪目望着她。

石夷仙人深深叹了口气，擦擦眼角的泪水，自责地说："都怪我，女丑也死了……"

巫相老师说："您也别这么说了，现在最重要的是怎么办？"

巫抵老师站出来："现在这种不可收拾之局面，我恐怕唯有烛九阴才有办法。"

巫凡低声说："并且他已赐弓和箭……"

巫阳老师看看巫礼老师，巫正瞧着巫文身上背的弓和箭，巫文则望向一脸淡然、静静站在一旁的巫彭老师。羲和娘娘断然拒绝，坚决地说："不行！不可以！"

石夷仙人不作声，其他人也不说话。沉默间，巫彭老师开口了，他说："羲和娘娘的心情，我能理解，若是能将太阳们活捉回洞，那倒是最好。"

一直沉思的夸父，突然开口："我去吧！"

听到这话，夸治先是一惊，随即拉住夸父的手臂，站到众人中间，说："不，我去！"

女娃朝夸治的方向看去。后羿笑起来，拍拍夸治的肩膀，说："夸治，你不能去，夸父大人不必去，最好的当然还是我去！是时候让我这个在丈夫国吃白食多年的人，为大家做出贡献了。"

夸父摆摆手，说："夸治不能去，万一我有什么闪失，丈夫国还需要你。后羿先别去——"

夸治急急打断："但是丈夫国更需要你！"

巫彭老师平静地说："我主张夸父大人去！"

众人不再说话。静默中，只听四足鼎内，香烟燃起，还有受火烤的小炭龙，正发出吱吱声。夸父推开神殿大门，刚要迈步，羲和娘娘拉住他的手，恳切地说："夸父大人，一切都拜托你了！"

夸父点点头。

泪水从夸治眼中滚滚落下，他上前紧紧抱住夸父，这一瞬，离别的感觉似永恒，那些夸父陪他练箭、习武的日子，仿佛成了时空中奔腾不返的洪流、只可追忆的往昔。这是他的父亲，一棵为他遮风避雨的大树，他正眼睁睁地看着他，被不可阻挡的时间和命运连根拔起……

夸父拍拍夸治，然后推开他，自己朝火海之地，行步奔去。

夸父追日

十日并出，焦禾稼，杀草木。

这似是一道神谕，神谕之文变作现实，哀鸿遍野，生灵涂炭，旱魃女神站在火海中，双手高举，在焦土上长啸起舞，禽兽、草木、巨木的尸体遍地，河流干涸，山崖崩塌，只见太阳快乐地作恶。夸父抑制不住自己的泪水。此生与那死不过是一时之间。

夸父追着小太阳到北野一座荒山，名为成都载天山，小太阳正欢快地在山间滚来滚去。夸父跟着小太阳飞沙走石，他跃过燃烧的大树，跳过干涸的水塘，一个箭步横跨千仞之高的峡谷，阵阵呼呼声，随奔跑在耳畔朝后而去。追至禹谷，夸父墨黑色的布衣，因太阳的余焰，已成条状，汗水漫漶他的全身，肌骨里有灼痛，皮肤被烤成了赤色。夸父口干舌燥，喘起粗气。

小太阳近在眼前！

禹谷离榣山不远，夸父便拼全力，一跃而起，纵身跳到小金乌身下，双手抓住金乌的双翼，任凭金乌奋力挣扎。夸父咬紧牙关，眼见掌血从指缝间喷出，也没放手。举起金乌，夸父口中干渴似生火焰，他艰难地一步一步朝榣山走去，从山麓到山顶。小太阳火焰掉一路，烧得周遭竹林崩塌，禽兽鸾凤逃逸到长琴住处寻求庇护。夸父走一步歇一下，喘气如雷，掌中鲜血不断渗出，他的每一步全凭着信念在走。

终于，抵达山顶，只见顽石之门大开。夸父用最后一丝力气，怒吼一声，吼声震河山，羲和娘娘神殿内的众人，也都听到这天地一响，所有人望向榣山方向。

吼声一出，夸父将小金乌狠狠摔进山洞，然后紧紧关上浸寒的顽石之门，极寒从极热传至掌中，传至他心间。夸父瘫坐于地，喉咙喷出火星子，他身如烈焰，有如蚂蟥虫蚁行军，钻进他的肌肤、肠胃和骨髓，这想解而不可解的身体折磨，这干燥的痛苦，遍及他的全身。

夸父飞身从山顶跳到山脚，狂奔到黄河，干涸的黄河只剩一些浅滩，饮尽那浅滩上的水，内心的干燥依然不可得解。他便又至渭河，没想到昔日奔流不息的大河早已干涸，河床上一道道干涩的大口，似被镰刀劈成，而渭河神也不知去向。那不如就去北方冰山下的大泽吧，那儿肯定还有水，喝完水，再去抓太阳！夸父想着。

夸父朝北而去，跑着跑着，只觉眼冒金星，火球六太阳正朝他滚滚而来，空气里起伏的热浪，一波一波打在夸父脸上、眼皮上。灌铅的双腿忽然变得轻盈，宛如踩在云端，他的小腿胫骨融化了，身躯在刹那间如流烁的岩浆坍塌倒地。只见他充血，在金光灿烂的六太阳前，夸父变成了北面天上，一颗闪闪烁烁、永不言语的、最明亮的星。

见北边天上升起一颗星，夸治紧握双拳，仰头看向神殿的天花板，克制住没让自己痛哭出声。这成长来得如此猝不及防，他一点也没有想要长大，他还是那个在父亲羽翼下无忧无虑的少年啊，他可以代替父亲去死，但却不能独自留下来承担父亲死亡的痛，这痛太重，如千斤巨石压在他身上，这心之重荷啊！后羿拍拍他的肩，让夸治将头靠在自己肩上哭。女娃靠近他，含泪悄悄握住了他的手。

巫彭老师转身走到羲和娘娘跟前，单膝跪下，他握住羲和的手，巫文、巫正也随他跪下。巫彭老师说："羲和娘娘，你的孩子从未自由过，这是他们的宿命，所以他们渴望自由，我明白！但现在这自由让天地万物遭罪，除了我们，还有人、飞禽、走兽、林木、野草和花儿，您看见了吗？所有呼吸声正消弭（mǐ）于世……这肯定不是你所愿，我恳请您——请您允许我以时空神之力，结束这一切……"

羲和满面泪水，双眼如决堤的江河，她望向远方——滚滚浓烟和束束火焰。她听到孩子们赞美自由的歌唱，她苦命的孩子啊，从未自由自在地玩耍过，他们是天地之光源，他们出生时光芒万丈，受世间仰望，那荣耀和喜悦至今历历在目。她亲手用甘水将他们洗净，赐予他们三足乌，将他们放在扶桑树根下，以骨哨为他们吹奏安眠曲，他们那么可爱、那么活泼，可都是她举世无双的珍宝啊……但现在，这高贵的宿命，对于他们来说，是不是太过沉重？

羲岸也哭，石夷仙人也哭。羲和娘娘擦干泪水，点点头，将巫彭老师扶起来，对他说："但愿我是在做正确的决定……"

巫彭老师接过巫文递过来的弓和箭。夸治抢先一步站出来，说："我去！"

后羿将他拉到身后，说："夸治现在是丈夫国的首领，不能去！我去！"

夸治两眼因过多的泪水而红肿，说："不！我要去承继夸父大人的遗志！兄长，你可以做首领！"

后羿说："你知道我不能！"

巫彭老师说："弓箭自有神意。"

打开包裹弓箭的枯黄色细葛布，一把龙骨制成的玄青色骨弓，巫彭老师平举弓，却见那弓竟没有弦。巫彭老师说："能拉到弓弦的人去。"

夸治一把抢过弓，对准弓弦应在的位置，一拉，手中空空无一物，夸治不服气，反复几次，却怎么也拉不到弓弦。后羿取过弓，一拉就弓弦就手。

后羿脸上是一如既往从容不迫的浅笑，他接过玄色龙皮做成的弓箭袋，弓箭袋里装着九支水黑色骨箭，他挎背箭袋，提弓便走。夸治拉住他，说："兄长，我宁愿自己去死！不是你，不是夸父大人！我但愿自己去死！"

后羿说："别说傻话，你知道的，我们面前都只有一条路，得自己去走，这是我、也是夸父大人的选择。生与死是两种不同的勇气，而且生常常比死更需要勇气。夸治，我相信你，从未有过怀疑！"

夸治用手背擦眼泪，目送后羿离去。

后羿射日

后羿刚跨出神殿门槛，人群中，一个声音叫住他："弟弟！"

是后昱！后昱见他提着弓，又背着箭袋，说："为什么是你？你又不是丈夫国的人！"

见到哥哥，后羿有点想哭，说："哥，对不起！这么多年了……其实我很高兴能拉开这张弓，至少证明我不只是一名射手，但我不是不爱蛇，也不是不爱载民国……"

后昱说："我知道……我知道……你从来就不只是一名射手，你是天下最好的神射手，是我们载民国最引以为豪的英雄！"

后羿说："夸父大人是我此生最敬重的人，他对于我来说，就似北斗，因为他，我变得更加坚定。我不是背叛载民国，只是——"

后昱有些鼻酸，说："我知道，我知道……"

后羿说："所以……"

后昱抱住后羿，压抑住哭，声音有些颤抖，说："我知道，我都知道！爸妈也都知道的……"

看着后羿迈向火海的背影，后昱流着眼泪，大喊："弟弟！我等你回来……"

后羿踏流星步，踩在裂开大口的土地上，首先朝五太阳所在地奔去，越靠近太阳，地面就越烫脚。不觉间，草鞋燃了起来，后羿将鞋扔掉，赤脚走在如水沸腾的地面上。没多会儿，水泡满脚，结实的小腿变得通红，热浪一波又一波，身体内的水几乎蒸透了，额头上的汗，既是热也是痛。

在距离五太阳百二十丈之处，后羿找到一座高崖，他沿火烤的岩壁攀爬，抵达崖顶，手掌被烫脱一层皮。后羿见一层层焦火，一圈圈火轮落地，一座座喷火的远山，滚烫的流岩，赤金色熔浆缓缓覆盖地面，而太阳欢喜地跑着。后羿甩甩手，让手不那么痛。然后取出弓箭，上箭拉弓。

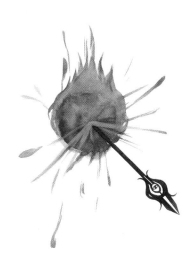

对准翻滚的五太阳，水墨箭随后羿松手滑弹出——那箭宛如一条墨色游龙，在空中化为细细的水柱，朝太阳直直追去，无论太阳朝何处滚动，也逃不过墨龙箭之追逐。龙箭对准太阳中心，猛扎下去，霎时间，大火球火焰四溅——一颗后羿手掌大小的赤丹色火子，朝天空飞去，画一道弧线，落入甘水深潭，潭中升起一股白烟，赤丹色火子化作一颗莹润的玄色小石，悠悠沉入潭底。

后羿如豹跃下高崖，继续在焦枯的大地上寻找其他太阳，一次次拉开弓，每次拉弓上箭，都是对他生命的无尽消磨，接近越多的太阳，杀戮越多的太阳，他的身体就越干涸。天地之火似从五脏六腑烧到他的皮肤上，但即使如此，大地的焦渴也比他所承担的更甚。

所以，一步也不能停。

后羿越走越慢，宛如行尸，嘴唇因缺水过度而掉壳，双眼红通似喷火，头发枯焦，散发阵阵火的味道，衣毁已不蔽体，满身满脸的火伤，那灼痛已吞没他，眼前的天地晃晃悠悠，处在崩塌的边缘。此刻的后羿，如沙漠里的行者、大海上的游徒，匍匐在生与死的道路上，如同一生都在竭尽意志和肉体试练的苦修者。

赫赤火子、银朱火子、朱砂火子、藤黄火子、缃（xiāng）色火子、琥珀火子、赭红火子，还有玄色火子，一颗颗唰唰坠下，纷纷化作小石子，落进了甘水深潭……

黑幕笼罩大地，东边天上，闪闪烁烁的长庚星和可爱的月亮渐渐露出头角。后羿躺在依旧火热的大地上，背部渐渐起火，鲜血渗出他的嘴角，手中的骨弓慢慢化作一缕水汽，消失在无涯的时空里。他双目涣散，满脸血污，骨肉因被烈火灼烤而痛。后羿痴痴望向看不见的远方，垂死之际，有一抹虚无在眼前晃动，他眼含笑意，一点点泪水在月光映照下闪闪发光，他说："夸父大人，再见之时，我将毫无悔意……"

众人走出羲和娘娘的神殿，站在殿前，看那漆黑的天，说不出一句话。丈夫国的男儿们，以低沉苍茫的声音，唱起部落千百年来同唱的那首古老的歌谣：

水深激激，岂曰无衣？
蒲草冥冥，与子同裳。
野死不葬，野死不葬、乌可食。
死野不葬，腐肉安能去子逃？且为子嚎！

篇六　大暑

大暑之初候，腐草为萤，
二候，土润溽，
三候，大雨时行。

祈雨

　　小太阳从扶桑树根下爬出，睁开蒙眬的双眼，睡眼惺忪猛打呵欠，昨天的郊游可把他累坏了。好不容易打起精神，咿咿呀呀坐到三足乌身上，跟着石夷仙人，朝东方天上爬去。

　　碧底长空，几丝浅淡的云气，呈浅鸭灰色，浑圆的羽尖支出点点，一簇簇黏在天际，寥寥涂出两笔横竖，浅乌点缀晴朗。

　　二级班的孩子们，跟着背上背着一个大包的巫礼老师，走在槁草荒地间。凸出的土块硌得脚疼，雪加磕磕绊绊走着，大地裂开一道道口子，黑漆漆、仿佛深不可测，雪加不敢看那地裂之口，像是要把人吸进去。

　　巫礼老师边走边哀叹："唉，真是作孽……"

　　沿河岸而行，只见河中没有一滴水，放眼望去，雪加忧心地问："老师，河神死了吗？"

　　巫礼老师说："河神是不会死的。"

　　雪加问："那他去哪儿了？"

巫礼老师说："躲起来了吧。"

巫澄说："河神真是胆小鬼！"

巫礼老师说："神可不是胆小鬼。只是如果神的栖息地遭到破坏，他们就会消失得无影无踪。所以现在不仅河神，还有花神、树神和山神，都看不到了，他们都躲在不可见的地方，等待万物恢复平衡……"

巫柳说："那怎么办？！我不想再也见不到花神！"

巫礼老师说："旱的时候，需要求雨；雨水太多，就需要止雨。该晴朗的时候晴朗，该下雨的时候下雨，该刮风就要刮风，该落雪就得落雪，还要有足够多的树，以及对自然万物的敬畏……在一切都刚刚好的时候，神就能重返大地。"

雪加说："所以……现在是要……求雨？"

巫礼老师点点头，说："看看这焦土，树木都被烧成了炭，还有那边的枯竹、萎花，动物的尸体，飞禽坠地……"

雪加又问："那我们现在是去哪儿？"

巫礼老师说："去雷神殿，是时候去求求应龙了。不如我们找点礼物送给应龙吧！大家在地上找找，看有什么可以送的。"

巫礼老师捡起一棵衰草，给孩子们看，说："这是我要送的礼物。"

说完，将衰草装进怀里。孩子们学着巫礼老师的样子，四处寻找自己想要送给应龙的礼物。

雷神殿外，水杉和楝（liàn）树排排而立，水汽蒸腾，如上次一般，殿顶乌云密布，阴暗得不见天日，周遭黏黏糊糊的空气，混着身上的汗，众人站殿前，却不见雷泽神出来。巫礼老师将背上的布包放到地上，取出一只赤色小鼓和枯草扎成的六条小龙，小龙状似应龙，龙身有草翼。巫礼老师将小龙递给雪加、巫澄、巫柳、巫颂、巫行以及巫栋。

雪加将草龙举到眼前，好奇地细细观看，问道："这小龙要用来做什么？"

巫礼老师说："逗引应龙！所以待会儿，我敲鼓跳舞，你们要跟我一起跳！懂了吗？"

"好！"

众小孩儿齐声答道。

巫礼老师从怀中拿出那棵干萎的草，放在地上，指着那个地方，对孩子们说："现在你们将自己的礼物摆在这儿！"

雪加拿出一块干燥的黄土，双手捧着，小心翼翼放到地上。巫澄取出一段炭黑的树枝，巫颂捡的是被烤焦的兽身，巫柳摆出一朵朵熔掉一半的残花，巫行放下几片禽鸟的烧黄的羽毛，巫栋则献出几乎成粉末的昆虫之尸。

巫礼老师一手持赤色小鼓，一手敲着，围着献给应龙的礼物，走成一个完满的圆形。孩子们跟在他身后，随鼓的节奏平转身体，又像巫礼老师将小鼓上举下落一样，他们也将手中的小龙上举下落。

转了几圈，巫礼老师开口念祝："旱既大甚，蕴隆虫虫。甚不可推，如霆如雷。"

巫礼老师停顿，示意孩子们跟他念，大家齐声："旱既大甚，蕴隆虫虫。甚不可推，如霆如雷。"

巫礼老师念道："旱既大甚，则不可沮。赫赫炎炎，大命近止。"

孩子们齐声："旱既大甚，则不可沮。赫赫炎炎，大命近止。"

"旱既大甚，涤涤山川。如惔（tán）如焚，忧心如熏。"

"旱既大甚，涤涤山川。如惔如焚，忧心如熏。"

……

巫礼老师和孩子们正敲鼓祷词，雷泽神领应龙走了出来。应龙站着，身高十余丈，双翼紧紧收在背部，遍身有鳞九九八十一，脊棘鹿角驼头，鼻、目、耳小，眼眶大、眉弓很高，牙齿尖利，前额突出，颈细长尾，腹部大而鼓，四肢强壮，宛如一只生翅的巨鳄。应龙鼻息如雷，不断喷出水柱。

应龙摇摇摆摆走出来，孩子们头仰得老高，被这庞然大物吸引。应龙探下头，看地上摆的枯草以及其他物件之干尸，又凑近鼻子猛嗅，水顺他的龙须而下，滴在焦掉的物尸之上。巫礼老师站到应龙面前，继续敲鼓而舞，口中念念有词。

六名小童一句一句跟着巫礼老师念，念完一遍。巫礼老师将鼓敲得越来越急，口中祝词也越念越急，小童们亦是加快念词速度，一句不落。一高一低，一浪接着一浪祝词，语言强烈而快速，重复了又重复，词句的力量越来越强。

巫礼老师抓起枯草，朝应龙眼前丢去，应龙发出一声怒吼，喷出一条水柱。巫礼老师又抓起焦土、兽尸、鸟羽、残花、断枝和虫尸，纷纷撒到应龙眼前，红着眼睛愤怒呐喊："遍地似大火焚烧，为何将大旱下与？！"

"遍地似大火焚烧，为何将大旱下与？！"

"遍地似大火焚烧，为何将大旱下与？！"

小童们齐声重复，随鼓点，又举起束草小龙，围着应龙快速绕圈。小童们脚步越跑越快，越跑越快，应龙目眩头昏，喷出更多水柱。

"遍地似大火焚烧，为何将大旱下与？！"

"遍地似大火焚烧，为何将大旱下与？！"

"遍地似大火焚烧，为何将大旱下与？！"

终于——

一条硕大的水柱从应龙嘴里喷出，它浑身滚水，展开潮湿的双翼，抽打水杉和楝树，湿漉漉的树叶簌簌落下，树根处、腐草间生出一群群闪烁尾光的丹良。应龙飞天而上，展翼千余尺长，它喷着水朝南狂奔！

一直站一旁的雷泽神，鼓腹升空，雷鸣震山川，电闪划破碧空，乌云霎时汇聚，云气遮天蔽日，南风神呼呼横扫大地。干涸的天地因雨水冒起白烟，水地相交，发出吱吱声，地上升起层层湿气，大雨即刻而行！随应龙飞天，欢呼之声骤起。

巫礼老师如释重负，放下小鼓，敲鼓的手隐隐作痛，但脸上却带着笑。孩子们欢呼："终于下雨啦！终于下雨啦！"

巫柳说："希望花神快点回来！"

雪加说："我也好想再和河神一起玩水花游戏！"

共工闯祸

见应龙呼啸升天，一向喜欢应龙的共工立刻乘祝融爸爸的朱雀飞天，追着应龙跑，而他的伙伴相柳和浮游亦随上升的河涛，在地上、水里为他欢叫。

共工好久不见展翼凌空的应龙，特别开心，让朱雀尽快飞到应龙旁边，欢喜地拿出裤袋里的小石球，边朝应龙扔，边哈哈大笑。这次应龙没有马上发怒，努力控制自己的脾气，尽力将雨水带往千里赤地。雷泽神回转头，一见共工，吓一大跳，这小子怎么又来捣乱……

雷泽神围朱雀旋飞，试图赶走他们。但共工和应龙玩得正欢，怎么会轻易就走，他指挥朱雀躲开雷泽神，见缝插针地朝应龙丢小石球。忽然——一个准备打在应龙脖颈的小石球，因雷泽神的干扰而飞偏，一个不小心，击中应龙右眼——应龙因这突如其来的一击，发出惊慌而痛苦的怒吼。伴着撕裂天空的龙吟，刹那间天拆地裂、云沸烟涌，愤怒的应龙朱鳞火鬣（liè），周身生出千雷万霆，一时间霰雪雨雹滚滚落地。

雷泽神大呼："不好！"

应龙不按既定方向，在天空横冲直撞。群山渐渐由原本的火赤色变作水苍色，风卷起的大水如瀑布，地籁不停，水在大地上呼啸，云气化作愤懑，笼罩天际渡口。森林、大地水汽蒸蒸，洪水如烈火，曾被蒸烤的大地此刻又被淹没，水浪翻滚如珠，水之腥气四溢，朝各部落凶猛而去……

悠然万顷满，俄尔百川浮。

一刹之间水满万顷，百川上浮起焦枯树枝、濒临死亡的树翘起粗根，一段一段的树干在水里漂浮。层层巨浪上，一群群白鹭、黑鹭、灰鹭、斑鹭在浪尖狂飞，飞向长空，寻求天之庇护。巨浪呼啸，碧色大浪混了姜黄小浪，大浪小浪合力，以摧枯拉朽之势，越过堤岸，越过田野，迅猛袭击所有生命之地。人与人的居住地，成群成片地消失在巨涛之下，随后狂涛又来清理自己的战场，将

人畜之尸席卷殆尽。

巫礼老师和六名小童在洪水中被冲散，其他人不知去处，雪加浑身湿透，头发紧贴脸颊，她趴在一条断木上，紧紧抱着那断木，惊恐地望向一望无际的墨色流水，不知生死的、随水流漂向不知名的地方。

在强大的水流面前，人们失却了大地的保护，又因没有羽翼，无法享有天空的保护，一切人的力量在此刻毫无用处，所有人无力地宛如一缕无法自控的浮萍，绝望而慌乱地挣扎在仿若末世的洪涛之中。

见如此一片汪洋恣意，长琴知道自己的弟弟共工又去招惹应龙了，并且此次还闯下如此大祸，他手扶额角，这个调皮捣蛋的弟弟总是让他甚感无奈，叹息起来："早就该把他关起来，真是的，没一刻消停……"

玎玎玎——玎琮琮——

狂乱的琴声传入朱雀和共工之耳，朱雀即刻朝琴声奔去。一见长琴，共工因如此肆虐的水涛而害怕，哇哇大哭着，躲到哥哥怀里寻求安慰。长琴将共工从自己怀里拉出，厉声指责："看看你都做了什么？！"

共工撇撇嘴，大声的号啕变作小声的啜泣，一脸委屈，拿出小手揉揉双眼。长琴继续训话："此前十日并出你没看到吗？"

共工点点头，又摇摇头，又点点头，说："看到了……"

长琴说："你若是再如此任性，以后就会和太阳一样。"

共工眼中露出惊恐。

长琴说："以后还去惹应龙吗？"

共工以稚嫩的嗓音大声说："我没有惹应龙，应龙是我最喜欢的，我和它玩儿！"

听他这么说，长琴竟然语塞，便说："以后不准再去找应龙玩儿，应龙可不是你的玩伴！"

共工理直气壮地说："它才不是我的玩伴，它是我的朋友！"

长琴头皮开始发麻，真是讲不通，干脆就下结论，道："算了算了！总之，从今天开始，你必须去祝融爸爸家面壁思过，直到你懂事为止！"

共工想跑，大喊："不要！不要！不要！"

他不想一个人待在黑漆漆的山洞里，那儿除了石头就是水，他想和人一起，和动物一起，和花儿还有树一起，他在那洞里，只能看到日出日落，只能捡石子扔水，那地方他早已待够了。

长琴不管他的反抗，只将他拦腰抱起，迈着大步朝共工台走去，朱雀在他俩身后亦步亦趋跟着。在巫彭老师的帮助下，雷泽神使了大力，才把应龙带回雷神殿。虽然土地已经一片汪洋，但在造成更大的灾难之前，被及时止住了。

才出旱灾又遇洪水的各部落，想方设法朝高地迁移。好心的羽民国救了自己的邻居奇肱国，他们奋力展翅往高地飞，并让力大无穷的奇肱国单手抓住自己的脚，每一个羽民国人内心的独白都是："奇肱国人怎么这么重？！"体力不好的羽民国人没多会儿就哼哧哼哧喘起气来，越飞越低，最后竟让奇肱国人的半身都没在了水里，而奇肱国人就这样被他们一路拖行到了高处。

谨朱国人水性本来不错，在高高低低的浪里穿行。三苗国的灰象在浪涛中慢悠悠游着，一路上救了不少人，厌火国人、载民国人都和他们在一起。刑天坐在粗大的雄常树干上，双手双脚并用凫水。巫咸国的几位老师，各自驾驶一条形如鲤鱼、但体形却似龙的龙鱼，前往各部落搜救。巫阳老师先去神殿，救女戚和女祭，接着朝东，最先抵达黑齿国；巫相老师一路向北，首先去了丈夫国；巫凡老师朝南，先到女儿国；巫抵老师则往西，以一臂国为起点，搜寻西方所有部落。

还有巫正驾了巫礼老师的龙鱼，四处奔走，搜救各部落遗失或走散的人们。而巫文则驾着巫彭老师的龙鱼，载了巫零和巫景，往雷神殿方向，去寻找求雨的巫礼老师和六名小童。巫零特别担心雪加，眼泪不断落下。

巫景将她抱在怀里，摸摸她的头，安抚地说："没事儿的，没事儿的……"

巫零紧紧抓住巫景的腰带，说："雪加还要回秀山村呢，在这里……不行！怎么办啊？"

巫文坐在鱼头上，双手握鱼须，说："没事的！我们先去找雪加！"

"姐姐！姐姐！"

一听这叫声，巫零定睛一看，只见巫澄正朝龙鱼游来，没多会儿他就到了，巫零刚想伸手拉他，只见他利索地自己爬到了鱼背上。他扑到巫零怀里，叫道："姐姐！"

巫澄声音洪亮地说："这水都没有那年大！"

巫零问："雪加呢？怎么没和你一起？"

这一问，巫澄傻眼了，说："我没和她一起……"

巫景说："没事儿，我们再找！巫澄都在这儿了，雪加也肯定就在附近！"

龙鱼边走，巫澄边大声呼喊雪加的名字。

却说雪加抱着那段枯木，在洪流中乱漂，不识水性的她一直瑟瑟发抖，她喊巫礼老师，喊巫爸巫妈，喊巫澄，喊巫零姐姐、巫景哥哥，还喊了最信任的巫文哥哥……但就是没有一人应她，只有她颤抖而单薄的声音，回荡在浪尖之上。她看不见水底，只觉脚边磕磕绊绊，好似有什么要将她吞没，为什么水虎和河神此时不在？

眼泪只管啪嗒啪嗒落下——

忽然一阵猛浪，枯木被翻了个底朝天，雪加被洪浪吞没，一口口水灌进嘴里，鼻腔灌满水，好难受！雪加只觉咸味儿冲脑，眼睛发刺，肺里好像冲进一块巨石，压得她透不过气儿，全身渐渐发冷，身体沉入水底……

再见了，爸爸妈妈！

再见了，爷爷奶奶！

再见了，巫咸国的朋友们！

雪加觉得自己快死了。一只突如其来的手，搂着她往水面上游，但浪还是一击又一击，雪加完全睁不开眼睛，天地仿佛都在退出她的世界，光明一点点被暗黑吞噬。

"雪加！雪加！雪加！"

一个温柔的声音，还有脸颊上，一阵阵被抽打的痛。天地又回来了？雪加缓缓睁开眼，一张熟悉的脸——

"珠月姐姐……"

珠月满脸都是烈日灼烧留下的伤痕，她如释重负地笑了，说："你终于醒了。"

雪加环顾四周，只见她躺在一头猛虎背上，那猛虎在水里游，珠月两手搭在猛虎身上，望向雪加。旁边一个男声响起："雪加，还记得我吗？"

雪加循声一看，只见旁边还有一头巨虎，虎背上坐着一位哥哥，她惊喜地叫起来："君原哥哥！"

君原笑了，说："真乖！记性不错！"

雪加对珠月姐姐说："谢谢珠月姐姐救了我……"

珠月摆摆手，不好意思地看了看正微笑的君原，说："救你的可不是我，是女娃。我遇到你们的时候，她正体力不支地托着你，她跟我说好像腿快要抽筋了，让我帮帮忙……不过，自从十日并出之后到现在，我都没有好好在水里待过，所以也没有什么力气可以托起你，幸好遇到这位……"

君原主动开口道："我是君子国的，君原。"

珠月脸颊泛起微微红潮，说："君原公子，他好心让我们乘坐他的虎……"

君原笑对雪加说："上次巫澄让你坐，你怎么都不敢。看吧，现在还不是坐了。小花可是很温柔的！"

雪加看了看正眯眼慢慢游水的两头巨虎，问："那女娃姐姐现在呢？"

珠月摇摇头，说："应该自己找地方上岸了吧。"

君原看珠月脸色发白，便说："你要不坐上来吧，看你游着也怪累的。"

珠月因为脸上有火伤，不想靠君原太近，但又想到将来可能没有再见面的机会，错过了又很可惜。正犹豫，君原对她伸出手，粲然一笑，那笑仿若玉石，闪着润泽的光，便不自觉将手交给了他。

等珠月坐定，君原细细打量起她来，这才被她身上的伤吓了一大跳。珠月一头月光般的长发有些枯焦，脸上、身上、手臂上，到处是红一块白一块的火伤，鱼尾一半拖在水里一半露出水面，各处有烧伤，鱼鳞干燥无光泽，有些地方甚至还能看到鱼肉和鱼骨。

君原伸出手，轻轻抚摸那些灼伤，双眼不觉湿润了，他温柔地抚过珠月每一处缺角的鱼鳞，又细细查看珠月脸上、手臂上每一处火伤……珠月被他的专注和温柔吸引，她觉得奇怪，一个陌生的男子，为什么给予她如此深情？在此之前，他们可从未见过对方。

大地
开始呼吸

终于抵达大荒山之巅。菌人们最先从女祭和女戚的裙兜里蹦出，他们扶老携幼，找了棵腐木，坐在木底好好休息，之前在羲和娘娘神殿见过的小菌人也在人群之中，他美丽的妻子身怀六甲，似乎快要临盆。

紧接着黑齿国人从巫阳的龙鱼上陆续下来，黑石不和自己部落的人待在一起休息，而是四处去找女娃。没多会儿，巫抵老师带了一臂国等西方部落也到了。然后是巫相老师的龙鱼，丈夫国人和北方众部落齐齐靠岸。

夸治脚一踏地，便各处寻女儿国人，他怕女娃有事，他不能再失去女娃，他不能再失去任何人。正找着，遇到黑石，夸治拉着她便问："看到女娃了吗？"

黑石说："我还想问你呢，女儿国好像还没到……"

夸治跑到龙鱼停靠的地方，望眼欲穿地守着。远远地，一条龙鱼，背上坐了一堆人，其间好似有女儿国的女子们。等龙鱼靠岸，夸治一个个查看下来的人，的确都是南方众部落，人都下来了，最后下来的是女儿国，女娲应该就在这条鱼之上。不是女娲——不是女娲——不是女娲——

还不是女娲……

没有人下来了。怎么会？夸治满头大汗，问巫凡老师："怎么没有女娲？"

巫凡老师两手一摊，说："不知道，南方的都在这儿了。"

夸治快速追上一名女儿国的女子，问："怎么没有女娲？"

那女子回答："女娲成天乱跑，发大水时，谁都不知她在哪儿。"

夸治的心开始急跳，手脚冒汗，不知道怎么办。巫凡老师走过来，说："别急，还有两条龙鱼没到，你再等等，而且以女娲的实力，说不定她自己就能到这儿啊！"

夸治点点头，继续在岸边张望，真是度日如年，如坐针毡，他不停踱步，双手搓来搓去，一刻也无法冷静。眼看巫正到达，带了许多部落落单的人，还有巫栋也被他捡到了，但其中并没有女娲。

怎么办……

巫文找到巫澄之后，又在不远的巨木上捡到了挂在枝丫上的巫柳巫行，没多会儿，还找到了带着巫颂的巫礼老师。又反复在附近搜寻几圈，遇到一些需要帮助的小兽，也都救了，但就是没找到雪加。最后没办法，巫礼老师说先回大荒山顶，再来寻对策。

靠岸后，夸治问巫文有没有见到女娲，巫文摇摇头。巫景陪巫零、巫澄站岸上等雪加，夸治问巫景："还有龙鱼吗？"

巫景说："没有了，但可能还有其他人能来，再等等。"

又是一阵难熬的等待。终于羽民国人拖着奇肱国人，筋疲力尽地落到地面，乘灰象的三苗国、厌火国、载民国人，还有自己凫水而至的刑天，以及骑天犬的黄姬姑娘都到了，但就是不见女娃，也不见雪加。

君原骑坐在虎背上，手臂轻轻环住侧身而坐的珠月，小心翼翼护着她。一路上，珠月觉得自己好似珍宝，似乎比深海里的千年珠贝更加珍贵。

在虎背上睡了一觉的雪加忽然惊醒，看到岸上翘首以盼的巫零和巫澄，开心地用力挥手，大声喊起来："澄澄！零零姐姐！"

一听到她的声音，巫零悬着的心终于落下，等雪加一落地，便将她紧紧抱在怀里，揉揉她的头发。巫澄也跑上来，用力抱着她，兴奋地大叫。巫零拉起雪加的手，说："走，我们去找爸爸妈妈，他们正担心呢！"

等君原将珠月放到水里，夸治才上前询问："有没有看到女娃？"

珠月说："看到了——"

夸治两眼放光，急切打断她，问："真的？在哪儿？她怎么没和你们一起？"

珠月说："她救了落水的雪加，把雪加交给我之后，就不知去哪儿了，我想她应该能自己到这儿……"

夸治失望地说："这样啊……原来她救了雪加。"

夸治一人立在山巅水岸上，直到小太阳回巢，直到不再有人上岸。侥幸，一直悬荡在他心里，他想，也许……也许转眼一瞬，就能在晃晃黑水间看到女娃的笑脸。

层层厚云，横亘在星月之光前，墨黑的天际什么也不可见，只听风吹水响，吹来水面一阵阵凉意，周遭鼾声四起，所有人挤在一起取暖，他们全都沉沉安睡着。只有夸治一动不动站在水边，他眼睛都不眨一下，只是那么静静地站着。

忽然一个身影——夸父，从墨色水面走来，他来到夸治跟前，还是那样英武，脸上总带着从容不迫的笑，他抱了抱站立的夸治，拍拍夸治的肩，然后转身朝黑水深处行去，行到远处，又回头挥挥手，仿佛那就是永恒的再见。

夸父消失，后羿随即出现于水面。他从来潇洒，迈着大步，把水踩得哗哗响，他走来和夸治并肩而立，将手臂搭在夸治肩上，捏捏夸治的肩，然后松开手，朝水里走去，忽然又回头，对着西北高空、看不见的天狼星，做拉弓射箭的姿势，"嗖"的一下，只如流星而逝。

过了一会儿，安静的夜里，一阵蛙鸣，待嘈杂的蛙鸣止歇之后，一脚一脚轻快的踏水声渐渐传来，嗒嗒——嗒嗒——越来越近。眼中总是耀着星光的女娃，竟踏水而至！她笑得那么灿烂，好似那次角力一样，月光裹她周身，她总是那么耀眼，银光闪闪。夸治眼角泛泪，怔怔望向迎面而至的女娃，只见她一个箭步冲到他怀里，紧紧抱住他的腰，这既温暖而又冰凉的拥抱啊！夸治伸手，想回抱她，女娃却挣脱了。她踮起脚尖，吻在夸治唇角，只是轻轻一点，随即旋身后退，面对夸治，她笑得那样温柔，一步一步、一步一步地后退。夸治抬脚想追，却无论如何动弹不了，他无能为力地看向远去的女娃，她笑着、朝他挥手，然后一步、一步退后，一句、一句离别……

泪水汹涌，两行清泪顺颊而下，想止也止不住的泪啊，夸治纵它流着，依旧立在水岸之上。黑夜不觉迎来了黎明，小太阳又升空了，他逐退群星与残月，开始无尽轮回的劳作。太阳初出光赫赫，云气在赫赤光的映照下，由青紫色变作深红，由浓郁的黑蓝变为明丽的橙黄，云气似朵朵露临的红莲高挂长空，又似一条条缤纷的虹，烂锦飞千丈，金波涌碧川。

忽然远处有群鹿迎晨光在山间奔跑，这似乎是与自然的约定。它们终年越浅滩、踏峡谷，总是奔走在荒地抑或是密林中，不管严冬又或是酷暑；它们有时躺在悬崖边缘的针叶下，有时漫步于深山的柏林间；它们居高临下地观赏风景，在阳光明媚之际啃食青草……

群鹿奔跑的山林，突然抖动起来，大地上有泥浆，树木发出吼叫，折断的树枝嘎嘎作响，巨大的桢楠成片成片倒地，似有一头巨兽正推着断木朝群鹿追去。断木之响稍作停顿，巨兽露出真容，一场泥石流正在席卷山林，山里浸水的泥土穿过树木深根，让整座森林变得千疮百孔。泥浆漫过鹿腿，滚动的石流推翻森林，这浑浊而让人窒息的泥流，裹挟断木和石块，将群鹿冲下了山。树木的华盖不见了，群鹿连同残枝，被扫落悬崖，跌入还未退却的洪流之中。鹿们在水中奋力翻腾，找准时机上岸，不管失去同伴有多难受，还是一如既往地群奔。鹿，总是临危不乱、从容坚定的求生者。

巫彭老师远远看着夸治，过了许久，朝他走去，伸手拍拍他的背，以一如既往平静的声音说道："看哪，泥石流，还有群鹿和朝霞。世上没有永不停歇的暴风雨，却也没有不痛苦的生啊。会忘的，夸治……"

夸治泪流满面，他望向巫彭老师，红着双眼，委屈、不甘，甚至有点愤怒地说："为什么神对我如此残酷？为什么神对我们大家都如此残酷……"

巫彭老师说："神的淡漠、旁观，如草与石头，四季的寒暑温热，是无情，更是一种深情。时间神会淡化你身上、你心里的伤，那伤口终究会结痂，结痂后你就会淡忘，到时受伤的你或者大地都会渐渐忘记疼痛。我们需要的，仅仅只是时间而已。"

巫彭老师帮夸治擦擦眼泪，让他靠在自己肩上，摸摸他的头，继续说道："无论是夸父，还是后羿，又或者女娲，你都会忘记的。善忘，是时空神赐予我们的珍贵礼物。"

虽然水还荡漾在眼前，巫彭老师望向远处的遍地泥浆，低声说："我仿佛听到了，大地开始呼吸的声响……"

一只鸟儿忽地停在夸治肩上，怎么也不走，夸治抬头去看，那鸟儿眼中似乎有点点星光，正在熠熠闪耀。

精卫填海

一块长满苔藓的棕色岩石。

雨水翻起石底叶间的潮湿空气，一只头大鳍长、背绿腹黄的水龙趴在那岩石上，凝视雨雾中的森林。巫澄静静蹲在不远处，一动不动，像是与树融为一体，他盯着水龙看。水龙的腹部和尾巴，紧紧贴于岩石表面，宽大的前肢支撑身体，胸部弯曲，纹丝不动，眼珠子是金褐色，皮肤湿润、充满水分，如一匹墨绿的锦缎。

出神的水龙忽然惊醒，摆动四肢划行，背骨随四肢左右扭动，活像一尾在水中游动的鱼。水龙几步就跨过岩石，停在一丛绿叶间，复又陷入凝神状态，它在安静守望与突然袭击之间不断交替，搜寻果腹之猎物。

雨水一滴一滴落在巫澄脸上，他低头看，湿漉漉的大地伤口愈合，又伸手摸摸地上的枯叶和腐木，森林正恢复生机。复原的生似乎早已忘了所有死亡，死亡来得突然，死亡走得更是干脆，死亡一瞬间就变成了生之并不明显的底色。

一片荒凉的海沙铺铺而展。

海浪茫茫，一片片涌来，夸治眉头似蹙非蹙，盘腿坐在焦黄的海沙之上，凝神远望，东海神翻出细细白白的浪花儿，一潮一潮、一浪一浪扑向夸治，以期慰藉他的哀伤。远处海面，一个小黑点，夸治极目望去，黑点越来越近，是一只鸟儿——它有花脑袋、白嘴壳、红爪子。展翼的鸟，嘴里衔来石头与草木，盘旋在东海之上。鸟儿将石头草木丢进无垠的海，发出"精卫——精卫——"的鸣叫，朝夸治飞来。夸治平抬起右臂弯曲，鸟儿飞落，停靠在他结实的小臂上。夸治苦涩的脸上露出一丝浅笑，不知为何，这鸟儿总让他想起女娃，也许是因为那眼中的星光……

图书在版编目（CIP）数据

山海岁时记.夏之神·祝融/毛岸羲著.－－成都：
四川文艺出版社，2020.2
ISBN 978-7-5411-5037-1

Ⅰ.①山… Ⅱ.①毛… Ⅲ.①童话－中国－当代
Ⅳ.①I287.7

中国版本图书馆CIP数据核字（2018）第101434号

SHANHAI SUISHIJI XIAZHISHEN ZHURONG

山海岁时记.夏之神·祝融

毛岸羲 著

出 品 人	张庆宁
项目统筹	周 轶
责任编辑	梁祖云 周 轶
插图绘制	柳智信
封面设计	巨大的草莓
内文设计	经典记忆
责任校对	段 敏
责任印制	崔 娜

出版发行 四川文艺出版社（成都市槐树街2号）
网　　址　www.scwys.com
电　　话　028-86259287（发行部）　028-86259303（编辑部）
传　　真　028-86259306

邮购地址　成都市槐树街2号四川文艺出版社邮购部　610031
排　　版　四川省经典记忆文化传播有限公司
印　　刷　四川华龙印务有限公司
成品尺寸　155mm×210mm　　开　本　16开
印　　张　9.5　　　　　　　　字　数　100千
版　　次　2020年2月第一版　　印　次　2020年2月第一次印刷
书　　号　ISBN 978-7-5411-5037-1
定　　价　34.00元